leykam: *seit 1585*

BETTINA BALÀKA

DICKE BIBER
EIN NATURSCHUTZ–KRIMI

ILLUSTRIERT
VON
RAFFAELA
SCHÖBITZ

leykam: KINDER- UND JUGENDBUCH

PROLOG

Durch den schmalen Pfad im Gebüsch kletterte Pico hinunter zu seiner Badebucht. Hier gab es einen Streifen feinen Sandes, ringsum fühlte man sich durch die unterhöhlten Wurzelstöcke geschützt. Auf dem Wasser schimmerte ein Film aus Blütenstaub, sodass man gut sehen konnte, wie die Beine der Wasserläufer winzige Vertiefungen in die Oberfläche machten. Weiße Pollen trieben durch die Luft wie Schnee, der Wind fuhr in sie hinein, sie schwebten auf und segelten langsam wieder herab. Pappelwolle.

Es war die schönste Zeit des Tages, Sonnenaufgang. So musste das erste Licht im Paradies geglitzert haben, so mussten die Vögel in Wäldern singen, in denen noch nie ein Mensch gewesen war.

Pico zog die Sandalen aus, grub die Zehen in den Sand und ging ein paar Schritte ins Wasser hinein. Ein Gelbrandkäfer tauchte eilig ab, eine große Posthornschnecke schaukelte unbeirrt weiter in dem Tang, der von einem toten Baumstamm wallte.

Tief atmete Pico die sommerliche Auluft ein. Er zog seine Kleider aus und warf sie ans Ufer. Weiter und weiter ging er ins Wasser hinein, dann machte er einen flachen Sprung und schwamm los.

Gemächlich teilte er das Wasser und ließ dabei den Blick schweifen. Es roch fischig und frisch. Der Körper schmiegte sich ins Kühle, der Kopf wurde schon von Sonnenstrahlen gewärmt. Glitzern, Plätschern, Summen, Zwitschern umgaben ihn, ewig konnte er so schwimmen, wie in Trance.

Plötzlich bemerkte Pico, dass er nicht mehr allein war. Links und rechts von ihm schwamm jeweils ein anderer. Braune Köpfe, die Nasenlöcher direkt über der Wasseroberfläche, kleine schwarze Augen, die ihn im Blick behielten: Biber. Sie begleiteten ihn wie zwei Abfangjäger ein feindliches Flugzeug. Er befand sich in fremdem Hoheitsgebiet und wurde überwacht.

Pico zwang sich, ruhig weiterzuschwimmen. Auch wenn man sie gerade nicht sah, wusste er, dass die beiden Mitglieder seiner Eskorte beeindruckende Schneidezähne hatten: zehn Zentimeter lang und mit einer eisenhaltigen Schicht überzogen, die ihnen eine auffällig orange Farbe verlieh. Zähne, mit denen sie auch zu kämpfen wussten und gegen die er ebenso wenig eine Chance hatte wie ein Eichenstamm. Im Wasser waren Biber wendig und schnell, er würde ihnen nicht davonschwimmen können.

Allerdings machten sie nicht den Eindruck, als ob sie vorhätten, ihn einfach so anzugreifen. Vielleicht war er versehentlich ihren Jungen zu nahe gekommen oder hatte sich auf den Eingang eines Baus zubewegt. Er musste nur herausfinden, wo er hinschwimmen sollte, um sie nicht zu beunruhigen.

Pico versuchte es mit einer sanften Wendung nach links, aber das schien den Bibern gar nicht zu behagen. Schon waren sie viel näher an ihm dran und ließen ein deutliches Knurren hören. Sofort änderte Pico seinen Kurs. Er spürte, wie er langsam müde wurde – hoffentlich bekam er keinen Krampf. Er musste ein Ufer erreichen, oder wenigstens eine Stelle, wo er stehen konnte.

Da bemerkte er aus dem Augenwinkel, dass die braunen Köpfe zurückgefallen waren. Vorsichtig begann er Wasser zu treten und wandte sich um. Die Biber tauchten ab und, so lange er auch wartete, nirgendwo mehr auf.

Sieht ganz danach aus, als ob unsere Biberin Gerda einen neuen Mann gefunden hätte, dachte Pico.

»Windfall profit« nannte es Picos Vater, als sie das Sommerhaus bekamen. »Windfall« bedeutete Fallobst, erklärte er, also vom Wind herabgeschütteltes Obst, und »Windfall profit« war ein völlig unerwarteter Vermögenszuwachs. Wie ein wunderschöner, perfekter reifer Apfel, der einem plötzlich vor die Füße fällt. Picos Vater unterrichtete Wirtschaftswissenschaften an der Universität, was bedeutete, dass er sich mit Geld auskannte, ohne selbst allzu viel davon zu verdienen. Picos Mutter arbeitete als Kundenbetreuerin bei einer Bank, sodass für sie das Gleiche galt. Das Sommerhaus hatten sie ihr zu verdanken, beziehungsweise der Tatsache, dass sie sich, wie ihr Picos Vater gerne vorgehalten hatte, immer in die Angelegenheiten anderer Leute einmischte. Nun hielt er es ihr nicht mehr vor.

Die Geschichte war die, dass Picos Mutter Tag für Tag, wenn sie um halb acht in der Früh mit Picos kleiner Schwester Mariechen an der Hand die Wohnung verließ, am Gang auf die alte Frau Sebereisen traf und ein paar Worte mit ihr wechselte. Meistens ging es um Dinge wie die

Schäbigkeit der Bepflanzung im Hof, die Schweinehaftigkeit des Reinigungsdienstes und die ständig drohende Gefahr von Einbrüchen in den Kellerabteilen.

Eines Tages aber war Picos Mutter um halb acht in der Früh mit Mariechen an der Hand auf den Gang getreten, und Frau Sebereisen war nicht dagestanden. Irritiert von dieser unerwarteten Abwesenheit klingelte und klopfte Picos Mutter minutenlang an Frau Sebereisens Tür und rief dazu: »Frau Seeeebereisen! Guten Moooorgen!« Doch es rührte sich nichts. Schließlich ging Picos Mutter in die eigene Wohnung zurück, um ihren Mann zu informieren und die Polizei zu rufen. Picos Vater, der gerade Pico zur Eile antrieb, sagte, man könne doch unmöglich Frau Sebereisens Wohnung aufbrechen lassen, nur weil Frau Sebereisen irgendwo auswärts übernachtete oder sich entschlossen hatte, einen Morgenspaziergang zu machen. Picos Mutter sagte: »Auf deine Verantwortung!«, und so wurde nichts unternommen.

Am Abend läutete Picos Mutter wieder an Frau Sebereisens Tür und behauptete, »leises Stöhnen« zu hören. Ehrlich gesagt war Pico zu diesem Zeitpunkt ebenfalls der Meinung, dass seine Mutter fantasierte. Jedenfalls sagte Picos Vater, er mache da nicht mit, die arme Frau Sebereisen sitze vermutlich mit ein paar anderen fidelen Pensionisten beim Heurigen und werde sich schön bedanken, wenn sie nach ihrer Rückkehr die Polizei in ihrer Wohnung vorfand. Also wurde weiter nichts getan.

Am nächsten Morgen um halb acht in der Früh war wieder keine Frau Sebereisen am Gang und Picos Mutter alarmierte die Behörden. Frau Sebereisens Wohnung wurde aufgebrochen und Frau Sebereisen blutend und röchelnd unter einer Leiter auf dem Boden liegend gefunden. Wie sich herausstellte, war sie auf die Leiter geklettert, um die brennende Glühbirne in der Deckenlampe mit einem nassen Fetzen abzuwischen, woraufhin die Glühbirne zersprang und Frau Sebereisen in Scherbenform ins Auge flog. Frau Sebereisen stürzte von der Leiter, schlug sich im Fallen die Stirn an der Tischkante auf und brach sich den rechten Oberschenkel.

Picos Vater war natürlich fix und fertig, weil Frau Sebereisen durch seine Schuld einen ganzen Tag und eine ganze Nacht in Todesangst auf dem Boden liegen hatte müssen. Er besuchte sie täglich im Spital mit riesigen Blumensträußen und Stapeln von Klatschzeitschriften und in rosarotes Papier eingeschlagenen Päckchen aus Frau Sebereisens Lieblingskonditorei. Frau Sebereisen sagte, sie werde es Picos Mutter nie vergessen, dass sie ihr das Leben gerettet habe. Picos Mutter sagte: »Aber das hätte doch jeder getan«, wobei sie Pico, der sich ebenfalls an Frau Sebereisens Krankenlager langweilen musste, einen Blick zuwarf, der wohl bedeuten sollte: Daraus kannst du etwas lernen.

Jedenfalls, am Ende des Ganzen hatte Frau Sebereisen sich entschlossen, ins Altersheim zu ziehen und das

Sommerhaus, ihren einzigen Besitz, Picos Mutter zu überschreiben.

Pico hieß eigentlich Amadeus. Das war eine Idee seiner Mutter gewesen, und zwar nicht, weil sie Wolfgang Amadeus Mozart liebte, sondern weil sie Falco liebte. Falco war ein Rapper, der ebenso tot war wie Mozart und der in der Jugend von Picos Mutter, also vor geschätzten hundert Millionen Jahren, ein Lied mit dem Titel »Rock Me Amadeus« geschrieben hatte. Picos Mutter hatte Pico das Lied unzählige Male vorgespielt. Pico meinte, das Lied sei ja ganz okay, vor allem, wenn man bedachte, wie unendlich alt es sei, aber dies rechtfertige nicht, seinen Sohn mit einem wirklich exorbitant peinlichen Namen zu traumatisieren. Picos Vater sagte zu Picos Mutter: »Ich habe dich gewarnt.«

Schließlich erklärten sich die Eltern damit einverstanden, dass Pico-Amadeus sich selbst einen Namen aussuchte. Er ging alle Bubennamen durch, die er kannte: Ömer, Abbas, Michi, Sebastian, Max, Johannes, Jakob, Mario, Jonas, Elias, Tobias, Murat, Wassili, Tadeusz, Zoran, Eric ... Plötzlich wurde ihm klar, dass er die Gelegenheit nutzen musste, sich einen Namen zuzulegen, den sonst niemand hatte. Und so kam er auf Pico. Einfach so. Der Name lag in der Luft.

Das Sommerhaus war etwa eine Milliarde Jahre alt, zur Gänze aus knarrendem, splitterndem Holz und voll von Frau

Sebereisens Sachen. Und zwar den Sachen, die sie in der Wohnung nicht mehr haben hatte wollen. Pico bestand darauf, das Haus »Hütte« zu nennen. Rundherum war es komplett eingewuchert von Heckenrosen und Wein und allerlei Schlingpflanzen, die von Frau Sebereisen seit Jahrzehnten nicht mehr in ihrem Wuchs behindert worden waren.

Frau Sebereisens Großvater, der Tischler gewesen war, hatte das Haus mit eigenen Händen gebaut. Straßenseitig sah es sehr schlicht aus – soweit man das unter dem Grünzeug erkennen konnte: ein rostrot gestrichener Bretterbau, den man durch einen verglasten Windfang betrat. Zum Wasser hin aber hatte das Haus eine sehr spezielle Fassade. Im ersten Stock gab es einen hölzernen Balkon, der mit allerlei bunt bemalten ornamentalen Schnitzereien verziert war. Auch am Giebel, an den beiden Erkern und den Fensterstöcken hatte sich Frau Sebereisens Großvater künstlerisch verwirklicht. Es gab geschnitzte Zapfen, Simse, Pagoden, Girlanden und durchbrochene Gitter, von denen rote, grüne und weiße Farbe abblätterte. Staunend standen sie davor.

»Es sieht aus wie eine Mischung aus Villa Kunterbunt und indonesischem Tempel«, sagte Picos Vater.

»Und wie am Canal Grande in Venedig ist die Schaufassade zum Wasser hin gebaut«, fügte Picos Mutter begeistert hinzu. Nur mit dem Unterschied, dachte Pico, dass hier weder elegante Gondeln noch schnittige Motorboote vorbeifuhren.

»Venedig für sehr, sehr Arme«, ätzte er, »auch wenn das Wasser genauso stinkt wie dort.«

Das Sommerhaus lag am Ufer eines trüben, grünbraunen Gewässers, das roch wie das Aquarium von Picos Freund Batman, wenn dieser wieder wochenlang der Meinung gewesen war, der Wasserwechsel sei Aufgabe seiner Mutter. (Batman hieß eigentlich Johannes, hatte sich aber ebenfalls umbenannt, nachdem Pico es getan hatte.) Die von Blütenstaub gepuderte Brühe, in der riesige Karpfen sich durch hohe Algenwälder schlängelten, war ein Altarm der Donau und trug den Namen »Lackelwasser«. »Altarm« bedeutete, erklärten Picos Eltern, dass die Brühe einmal mit der Donau verbunden gewesen war, nun aber schon lange vom Fließwasser abgeschnitten allein vor sich hinmoderte. In Hinblick auf den Namen »Lackelwasser« herrschte Uneinigkeit. Picos Mutter war der Ansicht, es handle sich um eine Verballhornung des Wortes »Wasserlacke«, wohingegen Picos Vater überzeugt war, hier sei einmal ein »Lackel« ertrunken. »Lackel« bedeutete offenbar im Wienerischen der Steinzeit soviel wie »großer Kerl«.

Das wirklich Üble an der Sommerhaussache war, dass die Eltern nicht ans Meer fahren wollten. Pico hatte gerade die dritte Gym hinter sich gebracht, mit leidlich guten Noten, und fand, dass er sich einen All-inclusive-Urlaub in einer schönen Hotelburg mit Poollandschaft verdient hatte. Er wollte sich sein Essen von einem mit geschnitzten Melonen- und Karottenrosen verzierten Buffet holen, von heiseren Animateuren angeschrien werden und endlich einmal Jetski fahren. Nicht angekokeltes Fleisch vom Grill seines Vaters und die gescheiterten Backexperimente seiner Mutter essen, von Gelsen blutig gestochen werden und nur wenige Kilometer von der Schule entfernt »die Ruhe genießen«.

Ringsherum, dessen war er sich sicher, hinter all den sauber geschnittenen Thujenhecken, den Sichtschutzmatten aus Schilfrohr und den von Gipslöwen bewachten Einfahrten wohnten auschließlich steinalte Leute. Den ganzen Sommer wollten Picos Eltern hier verbringen. Seine Mutter hatte sich Urlaub genommen, sein Vater konnte sich die Arbeitszeit in den Ferien ohnehin frei einteilen. Und in die Stadt hinein war es ja nicht weit. Für jemanden, der Auto fahren konnte. Auch die Tatsache, dass er das beste Zimmer bekam – jenes mit Balkon und »direktem Lackelwasserblick« – konnte Pico nicht trösten.

»Davon haben wir immer geträumt!«, sagte Picos Mutter, als sie auf dem morschen Steg standen, der zu ihrem Grundstück gehörte. Sie hielt die Nase in den nach fischigem Schlamm riechenden Dunst, als wäre es die herrlichste Seeluft.

»Was für ein phänomenaler Altarm!«, sagte Picos Vater.

»Du hast selber einen Altarm«, sagte Pico und klopfte seinem Vater auf den Arm.

»Wortspiel des Tages«, sagte Picos Vater.

»Schau, Pico, es gibt sogar ein Boot für dich!«, rief Picos Mutter unbeirrt heiter. Das Boot war ein plumper Kahn, von dem die Farbe abblätterte und auf dessen Boden altes Laub in schwärzlichen Pfützen moderte.

»Das hat ja nicht mal Ruder«, sagte Pico.

»Die Ruder hab ich im Haus gesehen«, sagte Picos Vater und ging, um sie zu holen.

Mariechen wurden die Schwimmflügel angelegt, sie stiegen ins Boot und Picos Vater legte sich in die Riemen. Nach ein paar ruckartigen Manövern gelang es ihm, in eine angenehm gleitende Rudertechnik hineinzufinden. Das Glitzern auf den von sachten Brisen erzeugten Kräuselwellen, die Kühle von unten und die Hitze von oben erzeugten eine hypnotisierende Ruhe.

Erst war alles nur grün, das Wasser, die Wasserpflanzen, der Dschungel über dem Wasser. Nach einer Weile kam ein Steg, auf dem ein alter Mann mit nacktem, sonnenverbranntem Oberkörper auf einem Klappstuhl saß und seine Angel beobachtete, deren Schwimmer reglos zwischen Pappelwolle und Schwanenfedern trieb. Er tat so, als würde er sie nicht bemerken. Picos Vater löste sich vom Ufer und ruderte in die Mitte des Lackelwassers hinein, wo es schwarz und tief wurde. Pico hängte die Füße über die Bordwand, das Wasser war kalt wie ein Bergsee. Die Monotonie der Ruderschläge machte schläfrig. Weiter und weiter ging es, Pico bekam das Gefühl, auf einer Expedition in einem vergangenen Jahrhundert zu sein. Die Spuren menschlicher Existenz verschwanden, und schon hatte man sie auch vergessen. Ruhig und kühl atmete die Wildnis, als gäbe es weder Autobahnen noch Flugzeuge oder elektrischen Strom. Es wunderte Pico nicht, als plötzlich ein Krächzen und Kreischen ertönte, das nur von Flugsauriern stammen konnte. Dann sahen sie, wer den Urzeitklang erzeugte.

Das, was sie aus der Ferne für das andere Ufer gehalten hatten, war tatsächlich eine Insel, und überall auf dieser Insel – in den Bäumen, im Gebüsch, auf den ins Wasser gestürzten Stämmen ringsherum – saßen riesige Vögel. Langbeinige, langhalsige Vögel mit schwarzen Augenstreifen und langen schwarzen Federbuschen am Schopf. Graureiher, dachte Pico. Manchmal hielt einer seinen weit geöffneten Schnabel in den Wind, als wollte er ihn lüften, manchmal breitete einer seine Flügel aus, wie um sie in der Sonne zu wärmen. Oben in den Wipfeln sah man große, eher schlampig zusammengesteckte Reisignester, auf denen Reiher saßen, flatterten, diskutierten. Paare stiegen mit klatschenden Flügelschlägen auf und schraubten sich umeinander in die Höhe. Einer brachte von weit her ein besonderes Zweiglein, um es in sein Nest hineinzuflechten. Ein anderer stakste nahe am Ufer der Insel durch das seichte Wasser, das er mit seinem Blick durchbohrte.

Mariechen, die noch nie einen Graureiher gesehen hatte, geschweige denn viele, sagte:»Eibeit Ahu!«, was vermutlich ein Ausdruck des Staunens war.

Picos Mutter sagte: »Das ist ja wie am Discovery Channel.«

»Schildkröten!«, versuchte Picos Vater einen Schrei in ein Flüstern zu verwandeln. Und tatsächlich, da saßen sie. Auf einem dicken Baumstamm knapp über der Wasseroberfläche, große und kleine, gelbgesprenkelte und rotwangige. Vorsichtig, um nur ja kein Tier aufzuschrecken, ruderte Picos Vater weiter. Nun sahen sie auch die Schilder, die rings um die Insel aus dem Wasser ragten: »Vogelschutzgebiet – Anlegen strengstens untersagt!« stand darauf. Auch Möwen gab es, Stockenten, Blässhühner und andere Vögel, deren Namen Pico nicht kannte. Im Wasser sah man wieder die Wälder aus langen benadelten Pflanzenstängeln, die Riesenschachtelhalmen glichen. Dazwischen schwammen unzählige Fische, Fische mit roten Bauchflossen, Fische mit Zebrastreifen auf dem Rücken, Fische mit Drachenflossen, Fische mit hellblauer Zeichnung im braunen Gesicht.

»Pico, was sind das für Vögel?«, fragte Picos Vater, der es nicht lassen konnte, Quizfragen zu stellen. Er deutete auf ein paar pechschwarze Vögel, die auf einem nackten Baumgerippe die Sonne anzubeten schienen.

»Das sind Krähen, die einen schlechten Tag hatten«, sagte Pico.

»Kormorane!«, rief Picos Vater begeistert, »das sind Kormorane! Als ich so alt war wie du, waren sie komplett ausgerottet, und jetzt sind sie wieder da!« Dann stand er plötzlich auf und machte zwei Schritte in Richtung Bug, sodass das Boot gefährlich zu schwanken begann, und deutete ans Ufer der Insel: »Pico! Siehst du das? Was sind das für Spuren?«

Pico dachte erst, sein Vater hätte Fußspuren im Schlamm entdeckt, konnte aber keine erkennen.

»Der Baum, Pico! Da vorn!«

Nun sah er es. Eine Weide hatte eine ganz dünne Mitte wie eine Sanduhr. Hell strahlte das von kräftigen Zähnen bloßgenagte Holz.

»Biber«, sagte Pico.

KAPITEL ZWEI

Nach dem Mittagessen machte sich Picos Vater daran, aus alten Brettern, die er im Schuppen gefunden hatte, einen Zaun rund um die Terrasse zu zimmern, damit Mariechen nicht unbeobachtet zum Wasser laufen und sich ersäufen konnte. Pico hörte abwechselnd Flüche und Hämmern, während er auf dem Steg saß und in den Gruppenchat seiner besten Freunde schrieb:

> Abenteuerbootstouren im Sumpfdschungel!
> Nur 20 Euro! xD

Batman antwortete als Erster:

> netter Versuch haha

> Gib du mir 20euro dann komm ich in dein Sumpf :)

Plötzlich war es still. Das Hämmern hatte aufgehört.

»Pico!«, rief Picos Mutter.

»Was?«, rief er zurück.

»Komm, wir gehen auf Besuch!«

»Zu wem?«

»Neue Nachbarn!«

War ja klar, dass auch hier Nachbarschaftspflege betrieben werden musste. In letzter Zeit hatte Picos Mutter begonnen, Pico des Öfteren wehmütig anzusehen und zu seufzen: »Mein Baby wird erwachsen! Bald wirst du gar nichts mehr mit uns unternehmen, und dann wirst du ausziehen – versprich mir, dass du nicht zu bald ausziehen wirst!« »Mutter, ich bin dreizehn«, sagte Pico dann, »bleib cool.« Wenn es allerdings darum ging, langweilige Besuche zu machen, führte er gerne seine zunehmende Selbstständigkeit und die Notwendigkeit seiner Ablösung ins Treffen. »Lass den Vogel fliegen, Mutter!«, sagte er dann. Aber Picos Mutter bestand darauf, dass es noch nicht so weit sei und dass es noch Dinge gebe, die man »als Familie« mache.

Sie gingen die staubige, von hohen, zitronengelben Königskerzen gesäumte Schotterstraße entlang bis zu einer mit Betonsteinen gepflasterten Einfahrt. Neben einem blitzeblanken Volvo stand der alte Mann in Badehose, den sie vor wenigen Stunden auf seinem Steg angeln gesehen hatten. Es war wieder ganz typisch für seine Mutter, dachte Pico, dass sie keine Zeit verloren hatte, auch diese Bekanntschaft zu machen.

»Vielen Dank für die Einladung, Herr Tabakoff«, sagte sie, »das ist so lieb von Ihnen!«

Sie gingen um das Haus herum, durch eine Rasenwelt, in der eine beunruhigende Menge von Bambis, Igeln und Schweinchen aus Kunststoff ruhte. Auf der Terrasse machte sich Frau Tabakoff, in einen üppig geblümten Badeanzug gekleidet, an einem Klapptisch zu schaffen. Ein Gugelhupf stand darauf, eine Plastikkaraffe mit hellrosa Saft, eine Thermoskanne, in der vermutlich Kaffee war. Es sah ein bisschen nach Campingplatz aus.

Frau Tabakoff zeigte sich so entzückt über Mariechens rotlackierte Fingernägelchen und ihre niedliche Sonnenbrille mit den herzförmigen Gläsern, dass sie für Pico kaum Augen hatte. Was ihm nur recht war. Er schaute auf die weite Fläche einheitlich grünen Rasens hinaus, der wie Rollrasen aussah, was er vermutlich auch war. Entlang der Terrasse standen auf mit Rindenmulch bedeckten sauberen Rechtecken einzelne Hortensiensträucher. Links zeigte eine ordentlich begradigte Thujenhecke die Grundstücksgrenze an, rechts war eine Streuobstwiese zu sehen. Zum Wasser hin stand dichteres Gebüsch, das vermutlich als Sichtschutz vor vorbeifahrenden Booten diente.

»Juanita!«, rief Frau Tabakoff in den Garten hinaus, als sie mit dem Aufdecken von Tellern, Tassen, Gläsern und Kuchengabeln fertig war. Dann wandte sie sich zu Picos Eltern: »Juanita ist unsere Enkeltochter. Eigentlich Adoptivenkeltochter. Unsere Tochter hat sie aus Kolumbien

geholt. Ein Fiasko. Das Kind hätte hier jegliche Bildungschancen haben können, aber stattdessen schreibt sie nur
Fünfer. Unsere Tochter ist völlig verzweifelt. Sie hat sogar
schon überlegt, das Mädel in ein Heim zu geben. Jedenfalls
ist sie jetzt für einen Monat nach Fuerteventura gefahren,
um sich von dem Kind zu erholen, darum ist Juanita bei
uns.« Die Einzige, die nicht entgeistert dreinschaute, war
Mariechen, die einem Kohlweißling nachlief.

Pico fand keineswegs, dass seine Eltern perfekt waren. Seine Mutter hatte eine bedenkliche Neigung zu außerfami-
liären Kontakten und den bedauerlichen Ehrgeiz, Mehl-
speisen selbst zu backen anstatt sie einfach zu kaufen.
Sein Vater stellte nervige Quizfragen, die zu Prüfungen
ausarten konnten, war der Ansicht, dass es der Entwick-
lung eines jungen Menschen gut tat, ihm möglichst wenig
zu helfen, und pflegte eine hingebungsvolle Beziehung zu
fleischlichem Grillgut. (Warum konnte sich der Mensch
nicht einfach von Pasta ernähren?) Beide sahen es leider
nicht als Priorität an, Pico eine Kameradrohne zu kaufen.
Aber, auch wenn der Präzedenzfall noch nicht vorgekommen war, sie wären wohl nie auf die Idee gekommen, Pico
wegen schlechten Schulerfolgs in ein Heim zu stecken.
Und sie waren noch nie einen Monat lang weggefahren,
um sich von ihm oder Mariechen zu »erholen«.

Während alle um den Tisch saßen und die Tabakoffs weiter vom schulischen Versagen der undankbaren Südländerin

erzählten, sah Pico aus dem Augenwinkel, wie sich eine schlanke Gestalt am Thujensaum näherte, als würde ihr dieser Schutz gewähren.

»Und sie lügt, sage ich Ihnen – Fragt man sie: Und, hast du heute schon gelernt? –Antwortet sie doch glatt – Hallo Schatzi, da bist du ja endlich!«, säuselte Frau Tabakoff unvermittelt, als Juanita sich lautlos in ihren Klappstuhl gleiten ließ. Pico war beeindruckt. Juanita sah genauso aus, wie er sich eine Kolumbianerin vorgestellt hatte: langes pechschwarzes Haar und indianisch geschnittene Augen. Nur die Nerd-Brille mit den dicken Gläsern wirkte nicht so exotisch. Er schätzte, dass sie etwa in seinem Alter war, dreizehn oder vierzehn.

»Aber man kriegt diese Kinder ja viel zu spät«, fuhr Frau Tabakoff unbeirrt fort. »Unsere Tochter war nämlich schon weit über vierzig, als sie Juanita adoptierte. In dem Alter bekommt man keine Säuglinge mehr, nur noch ältere Kinder. Juanita war sechs Jahre alt, als sie zu uns gekommen ist, da ist dann natürlich schon Hopfen und Malz verloren.« Sie schnitt den Gugelhupf auf und bot jedem ein Stück an, nur zu Juanita sagte sie: »Der ist nichts für dich.« Pico schauderte. Bekam das Mädchen etwa nur Wasser und Brot?

»In welche Klasse gehst du, Pico?«, wandte sich Frau Tabakoff überraschend an ihn.

»War gerade in der dritten Gym, komme im Herbst in die vierte«, sagte Pico.

»Wie Juanita! Das ist ja großartig! Gute Noten?«, fragte Frau Tabakoff.

»Passabel, passabel«, sagte Pico bescheiden.

»Vielleicht«, wandte sich nun Herr Tabakoff wieder an Picos Eltern, »vielleicht könnte Ihr Sohn ja mit Juanita lernen? Sie hat zwei Nachprüfungen, eine in Englisch und eine in Mathe.«

Picos Mutter schüttelte entschieden den Kopf: »Das wird leider nicht möglich sein. Pico hat absolutes Lernverbot in den Ferien.«

»Lernverbot?«, fragte Herr Tabakoff, »was soll denn das sein?«

»Er darf sich unter gar keinen Umständen mit schulischen Dingen beschäftigen«, erklärte Picos Vater, der wohl ebenfalls zum ersten Mal von einem Lernverbot gehört hatte, mit bewundernswertem Improvisationstalent. »Es ist wissenschaftlich erwiesen, dass sich Lerninhalte nur dann festigen können, wenn das Gehirn ausreichende Ruhepausen hat.«

Nun waren es die Tabakoffs, die entgeistert dreinschauten. Am allerentgeistertsten aber schaute Juanita. Während Pico noch überlegte, ob er auf das spontan ausgesprochene »Lernverbot« seiner Eltern mit Dankbarkeit und gelegentlicher Mithilfe im Haushalt reagieren sollte oder aber mit Protest und demonstrativem Studium von Schulbüchern (beides schien nicht besonders reizvoll), bewegte sich das Gespräch weiter. Vom Befinden von Frau Sebereisen und den Umständen der Sommerhausüberschreibung hin zur Schönheit der Umgebung.

»Herrlich ist es hier«, sagte Picos Mutter und deutete über Hortensien und Rasen hinweg auf die üppige Ferne jenseits der Wasserfläche.

»Es ist nicht mehr das, was es einmal war«, erwiderte Herr Tabakoff grimmig.

»Aber diese Vogelschutzinsel«, sagte Picos Vater, »die ist doch einfach fantastisch!«

Düster schüttelten die Tabakoffs die Köpfe und rührten wortlos in ihren Kaffeetassen.

»Die Insel!«, entfuhr es Herrn Tabakoff schließlich und er schlug mit der Handfläche auf den Klapptisch, dass es schepperte. »Die Insel ist ja die Wurzel allen Übels hier!«

Reiher und Kormorane seien die schlimmsten Fischräuber, erläuterte er, man hätte das Lackelwasser vor vierzig, fünfzig Jahren sehen sollen, als das ganze Raubzeug ausgerottet gewesen war! Voll der herrlichsten Fische sei es gewesen, jeden Tag hätte man die prachtvollsten Exemplare herausgeholt. Und jetzt? Eine Wüste! Vollständig leergefischt!

Pico war perplex. Angesichts der Zahl der Fische, die er gesehen hatte, waren die Fischräuber wohl nicht allzu erfolgreich.

»Die Au an sich ist natürlich ein Fluch«, fügte Herr Tabakoff hinzu, »aber die darf man wenigstens betreten. Eine Gelsenquelle ohne Ende. Am schlimmsten aber sind die Biber.« Er sagte »Biber« wie »Heerscharen der Finsternis«.

»Ja, wir haben heute schon einen angenagten Baum gesehen!«, erwiderte Picos Mutter begeistert. »Auf der Vogelschutzinsel!«

»Und was freut Sie daran so sehr?«, fragte Herr Tabakoff.
»Haben Sie schon den Uferbereich auf Ihrem Grundstück
untersucht?« Picos Eltern mussten zugeben, dass sie das
bislang verabsäumt hatten.

»Die Biber kommen nachts in unsere Gärten. Sie fällen
die Bäume. Sie untergraben die Uferböschungen, bis alles
ins Wasser hinabrutscht. Hier«, – Herr Tabakoff deutete auf
den Rasen hinaus –, »hier habe ich voriges Jahr Karotten
gezogen, ein wunderschönes Beet. Lila Karotten, alte Sorte.
Eines Nachts war alles verwüstet. Sie lieben Karotten. Und
hier«, – er deutete auf eine andere Stelle auf dem Rasen –,
»hier ist ein uralter Marillenbaum gestanden. Sie haben ihn
gefällt. Es waren die besten Marillen der Welt. Ganz klein
und hocharomatisch. Sie lieben Marillen.«

»Es sind kanadische Biber«, warf Frau Tabakoff ein,
»riesige Trümmer, dreimal so groß wie europäische Biber.
Diese geisteskranken Tierschützer haben sie hier ausge-

setzt, und jetzt vermehren sie sich unkontrolliert. Man darf sie nicht fangen, man darf sie nicht abschießen, nicht einmal umsiedeln darf man sie! Man darf nur bei der Stadt Wien anrufen und dann kommt irgend so ein windiger Förster vorbei und bietet einem an, die Bäume mit Eisengitter zu umwickeln – wie sieht denn das aus?«

»Falotten!«, bestätigte Herr Tabakoff und Pico sah seine Eltern fragend an.

»Falott ist ein altes Wort«, erklärte Picos Mutter. »Das heißt Schurke.«

»Gauner, elendige!«, rief Herr Tabakoff. »Und ein paar halbseidene Biologen strawanzen hier auch herum!«

»Strawanzen – herumstreunen«, dolmetschte Picos Mutter.

»Treiben sich herum«, fuhr Herr Tabakoff fort, »und machen angeblich wichtige Forschungen! Wissen Sie, was uns einer von denen mal erklärt hat?«

Picos Eltern schüttelten die Köpfe.

»Dass eigentlich wir das Problem sind, aus ökologischer Sicht. Weil wir so nahe am Wasser gebaut haben. Wie soll man denn bitte baden gehen und fischen und Boot fahren, wenn man nicht am Wasser baut?«

Picos Eltern nickten erschüttert.

»Seit Menschengedenken hat der Mensch am Wasser gebaut!«, sagte Herr Tabakoff.

»Und seit Bibergedenken der Biber«, sagte plötzlich Juanita.

»Ja, mein Schatz«, erwiderte Frau Tabakoff, »aber die Zeiten ändern sich. Wir haben auch keine Mammuts mehr, die durch den Garten durchtrampeln.«

»Außerdem, was heißt Bibergedenken«, sagte Herr Tabakoff. »Der Biber denkt nicht! Er zerstört!«

Seine Frau wandte sich wieder an Picos Eltern: »Es ist ein Skandal. Niemand macht sich Gedanken, was das allein für den Fischbestand bedeutet.«

»Wieso für den Fischbestand?«, fragte Picos Vater. »Ich dachte, Biber seien Pflanzenfresser?«

»Ja, das ist es, was sie uns einreden wollen!«, schnaubte Herr Tabakoff. »Aber tatsächlich sind sie Allesfresser. Wie Bären. Obst, Gemüse, Vögel, Schmetterlinge, Würmer, Abfälle – alles fressen sie. Aber am allerliebsten haben sie Fische.« Aus dem Augenwinkel nahm Pico wahr, dass Juanitas Lippen ein kaum sichtbares Lächeln umspielte.

KAPITEL DREI

Zum Glück waren Picos Eltern Haus- und Terrassenmenschen, jedoch keine Garten- und Wassermenschen. Eine Eigenschaft, die Pico verborgen geblieben war, solange sie nur in der Wohnung gelebt hatten. Picos Mutter war damit beschäftigt, bei Frau Sebereisens alten Sachen »die Spreu vom Weizen zu trennen«. Frau Sebereisen, die im Altersheim weiterhin regelmäßig besucht wurde, hatte bekanntgegeben, dass sie selbst keinerlei Bedarf an materiellen Gütern mehr habe, da sie wohl demnächst sterben werde. Man solle alles behalten und ihr bloß nichts zurückgeben, sie habe keine Verwendung mehr für das Zeug. Und so stand Picos Mutter oft ewig vor einer alten Lampe oder einem windschiefen Kerzenleuchter und versuchte zu entscheiden, ob es sich um eine wertvolle Antiquität oder hoffnungslosen Schrott handelte. Das meiste landete auf Ebay, wo sich herausstellte, dass Frau Sebereisen leider nur Dinge aufgehoben hatte, die kein anderer haben wollte. Nach und nach brachte Picos Mutter das Inventar seufzend zur Caritas, nur ein paar ausgewählte Stücke wurden aufpoliert und behalten, um eine Erinnerung an Frau Sebereisen zu haben, wenn sie eines Tages tatsächlich sterben sollte.

Picos Vater war hauptsächlich mit der sogenannten »Bausubstanz« beschäftigt, also mit Holz. Er überprüfte die Treppe ins Obergeschoß auf ihre Stabilität. Er klopfte die Fußböden ab und fahndete nach Holzwürmern, Moder und Schimmel. Er überlegte, Wände einzureißen und neue zu errichten. Sein Lieblingsbereich war der Erdkeller. Der Erdkeller bewirkte, dass es einerseits immer schön kühl im Haus war, andererseits aber auch ziemlich feucht. Im Erdkeller wurde umgeräumt, ausgestaltet, gewerkelt und montiert. Vor allem wurden Regale und Kästen zur Vorratshaltung angebracht. Picos Vater lagerte versuchsweise ein Kilo Kartoffeln ein, eine Handvoll Zwiebeln und etwa vierzig Flaschen Wein. (Frau Sebereisen zufolge hatte es im 20. Jahrhundert mehrfach Unwetter von so apokalyptischem Ausmaß gegeben, dass der Erdkeller überschwemmt worden war. Im Vergleich zu den langen Zeiträumen aber, in denen der Erdkeller nicht überschwemmt war, sei dies vernachlässigbar, meinte Frau Sebereisen.)

Für Pico hatte das Haus deutlich an Interesse verloren, seit er seine Hoffnung auf einen Internet-Anschluss endgültig begraben hatte. Ein Internet-Anschluss sei hier in der Natur absolut nicht notwendig, meinten seine Eltern. Auch ein Fernseher komme nicht in Frage. Wenn er denn unbedingt online gehen wolle, könne er ja sein Handy verwenden. Mit einem Hotspot konnte er zwar Filme auf das

Notebook streamen, aber natürlich war das kein Ersatz für ein 32-Zoll-HD-TV-Gerät. Ein Leben ohne vernünftige Technik, fand Pico, bedeutete völliges Abgeschnittensein von der Welt. Man kam sich vor wie auf einem fremden Kontinent zu der Zeit, als man sein Gepäck noch zu Fuß durch die Wildnis schleppte und dort monate- oder jahrelang verschwand. Es gab nur die Pflanzen, die Tiere, die Menschen und das Wetter der unmittelbaren Umgebung. Ein seltsames Gefühl.

Um seinen Protest gegen die elterliche Willkür auszudrücken, zog Pico das T-Shirt an, das seine Mutter am meisten verabscheute und schon lange wegwerfen hatte wollen. Es handelte sich um ein sogenanntes Ruderleiberl mit breiten blau-weißen Streifen, oder eher dunkelgrau-hellgrauen Streifen. Wenn er schon rudern musste anstatt Jetski zu fahren, dann mit einem Ruderleiberl!

Als er mit dem ausgewaschenen T-Shirt an ihr vorbeitänzelte, fragte sie: »Wirklich?«

»Ist doch ideal für das Venedig-Feeling!«, rief er und machte sich davon.

Das Haus, das er »Hütte« nannte, mochte Pico ohnehin nicht besonders. Der muffige Geruch darin ließ sich nicht vertreiben, egal wie viele Duftkerzen seine Mutter anzündete. Die Terrasse mit dem Zaun herum war zu einer Art Riesengehschule für Mariechen geworden, in der überall Spielsachen lagen. Der Garten aber, der Steg und das

Lackelwasser gehörten Pico. Hier blieb er zumeist ungestört, und er beschloss insgeheim, das alles sein »Reich« zu nennen. Bisher war sein Reich immer nur ein Zimmer in der Stadt gewesen, auf dessen Türe ein Schild mit der Aufschrift »Heute wegen gestern geschlossen« hing. Zugegeben, ein großes Zimmer, das schönste in der ganzen Wohnung. Aber hier hatte er es plötzlich mit Erde, Gras und Blättern zu tun, mit Baumgruppen, dichten Gebüschen, Hügeln, Senken, Steinen und Wurzeln. Das Grundstück war weitläufig, das Haus wirkte winzig und verloren darin, und tatsächlich hatte Frau Sebereisen erzählt, dass dieses kleine Holzhäuschen von ihren Großeltern nur als Provisorium gedacht war, als vorläufige Bleibe, bis man sich eines Tages ein größeres Haus leisten konnte. Offensichtlich war dieser Tag niemals gekommen.

Dass er am Ende seines Reiches angekommen war, erkannte Pico an einem Maschendrahtzaun. Unter diesem hatte sich so manches unbekannte Tier hindurchgegraben, wie etliche Erdlöcher bewiesen. Picos Reich war belebt und es hatte geheimnisvolle Einwohner, die seine Grenzen nicht unbedingt respektierten. Wahrscheinlich handelte es sich um Reviertiere, die mit Duftmarkierungen ihre eigenen Grenzen zogen, über die von Menschen definierten Grundstücke hinweg. Pico hatte keine Ahnung, um welche Tiere es sich handeln konnte, aber er stellte sich nachtaktive, pelzige Wesen vor, die jagten, raubten und kämpften.

Knapp vor dem Zaun entdeckte er am Wasser eine kleine Bucht mit feinem Sand. Von hier aus konnte man nichts von der Zivilisation sehen. Er beschloss, sie zu seiner ganz privaten Badebucht zu machen.

Picos Eltern durchstreiften das Grundstück nicht oft. Zu groß schien ihnen die Aufgabe, das alles »in Ordnung« zu bringen – was immer das auch bedeuten mochte. Vor einem dichten Himbeergestrüpp sagte Picos Mutter seufzend: »Das sollte man wohl alles einkochen.« Vor dem mit Blütendolden übersäten Holunderbaum meinte sie: »Daraus könnte man eine Menge Holunderblütensirup machen«, um dann nichts dergleichen zu tun und einfach wieder ins Haus zu gehen. Picos Vater träumte davon, den Garten zu »strukturieren«, wie er es nannte, Kieswege anzulegen, Laternen und Sitzbänke aufzustellen, nur um dann ebenso nichts zu tun und wieder ins Haus zu gehen. Und so blieb Pico alleine in seinem Reich, stocherte in der Erde, versuchte aus Zweigen und Rinde etwas Nützliches zu basteln (es gelang ihm nicht), verkostete Himbeeren, Ribiseln und Sauerampfer, beobachtete Schnecken, Heuschrecken, Ohrenschlürfer und Tausendfüßler. Bis er eines Tages mit einem etwas weniger friedliebenden Einwohner seines Reiches zusammentraf.

Wieder einmal war Pico durch den Garten spaziert – überzeugt, der sich am meisten langweilende Junge auf der ganzen Welt zu sein –, als er ein lautes, merkwürdiges Brummen hörte. Er blickte auf und sah ein schwarzes Gerät von der Größe eines Urzeithandys, das unbeholfen herumflog. (Wie ein Urzeithandy aussah, wusste Pico dank seines Freundes Batman, den ein grausames Schicksal dazu zwang, die abgelegten Handys der Verwandtschaft zu verwenden, bis sie kaputtgingen – ein Zustand, dem er durch unauffälliges Fallenlassen oder Mit-Wasser-Bespritzen nachzuhelfen versuchte. Bedauerlicherweise tauchten immer wieder neue alte Handys auf, sodass es sich um eine Sisyphusarbeit handelte.)

Das schwarze Urzeithandy flog also laut brummend und leicht torkelnd etwa in Augenhöhe auf Pico zu. Sofort dachte er an eine Spionagedrohne, die womöglich Vorgänge in der Atomenergiebehörde in der UNO-City im nahen Kaisermühlen auskundschaften sollte. Allerdings, angesichts der schlechten Tarnung und beklagenswerten Flugeigenschaften handelte es sich wohl um die Spionagedrohne eines technologisch eher rückständigen Landes. Als das schwarze Ding in seine Reichweite gekommen war – augenscheinlich mühsam berechnend, wie es ihn wohl umrunden konnte – streckte Pico reflexartig die Hand aus und gab ihm einen leichten Klaps. Das Ding begann stotternde Geräusche auszusenden, geriet ins Trudeln und landete schließlich auf dem Boden.

Vor Pico saß ein Hirschkäfer. In Anbetracht der beeindruckenden Größe seines Geweihs, das er angriffslustig in die Höhe reckte, offenkundig ein männliches Exemplar. Auf der Stelle nannte Pico ihn Franz Joseph. Es würde ihm nicht möglich sein, jeden Regenwurm und jede Ameise seines Reiches zu benennen, aber herausragende Bewohner wollte er mit Namen versehen. Noch nie in seinem Leben hatte Pico einen leibhaftigen Hirschkäfer gesehen, er kannte die Spezies aber aus Büchern, ebenso, wie er noch nie einen leibhaftigen Franz Joseph getroffen hatte, den Namen aber aus Büchern kannte. Franz Joseph war nicht sonderlich gut gelaunt. Wie ein Boxer im Ring tänzelte er vor und zurück, richtete sein Geweih auf und gab dabei schnarrende Laute von sich.

»Ach Franz Joseph«, sagte Pico zärtlich, »ich glaube, das ist der Beginn einer wunderbaren Freundschaft.« Er griff nach dem Käfer, um ihn aufzuheben und von allen Seiten zu betrachten. Da durchfuhr ihn ein stechender Schmerz und mit Entsetzen sah er, dass Franz Josephs Geweihspitzen in seinem Handballen steckten und dass aus diesem Blutstropfen quollen. Das Geweih, das tatsächlich ein Mundwerkzeug war, schloss sich wie eine Zange. Pico brüllte aus voller Kehle. Mit seiner freien Hand versuchte er, das Tier loszureißen. Es verbiss sich nur noch fester. Unwürdig kreischend lief Pico auf und ab und schüttelte dabei die schmerzende Hand, an der der riesige Käfer baumelte. Picos Vater kam aus dem Haus gerannt, hinter ihm Picos Mutter, die Mariechen auf der Hüfte trug.

»Um Himmels willen!«, rief Picos Vater, »was ist denn passiert?« Als Antwort schrie Pico noch lauter und ruderte mit seiner Hand, die wohl für immer verloren war und amputiert werden musste. Plötzlich hörte der Schmerz auf, seine Eltern standen vor ihm und der Hirschkäfer namens Franz Joseph war verschwunden.

»Pico?«, fragte sein Vater, und Pico hob seine Hand mit den blutenden, blau umrandeten Einstichen zum Beweis, dass ihm wirklich etwas zugestoßen war.

»Was hast du denn gemacht, du Irrer?«, fragte Picos Mutter, die die wenig charmante Eigenschaft hatte, Menschen, die sich wehgetan hatten (und älter als drei Jahre waren), mit Schimpfwörtern zu bedenken. Generell stand sie Schmerzen, Verletzungen und Wundmalen eher kühl gegenüber. Verzweifelt suchte Pico im hohen Gras nach Franz Joseph, zum Beweis, dass der Irre hier wohl ein anderer war, als sein Vater plötzlich einen anerkennenden Pfiff ausstieß.

»Faszinierend«, sagte er und hockte sich nieder. Vor ihm saß der Hirschkäfer, tänzelte vor und zurück, schnarrte und reckte sein Geweih. »Ich habe so etwas noch nie in meinem Leben gesehen«, sagte Picos Vater. »Ich dachte, die seien ausgestorben. Weißt du, was das ist, Pico?«

»Das ist ein elender Mistkäfer!«, rief Pico. Er war gekränkt, dass sein Vater den Kerl, der ihn verletzt hatte, mit so offensichtlicher Bewunderung ansah.

»Das ist ein Hirschkäfer, ein Männchen«, korrigierte Picos Vater. Nun hockte sich auch Picos Mutter dazu.

»Hast du so einen schon einmal gesehen?«, fragte Picos Vater sie.

»Nie im Leben. Das ist wirklich unglaublich«, erwiderte sie. »Schau Mariechen! Das ist ein Hirschkäfer. Hirsch. Käfer.«

»Bibbelsna!«, sagte Mariechen fröhlich.

»Nein, Hirschkäfer, Mariechen. Hirsch. Käfer.«

»Bibbelsna! Bibbelsna!«, krähte Mariechen.

Mariechens Spracherwerb, beziehungsweise der Mangel desselben, machte den Eltern große Sorge. Am Anfang hatte man es ja noch lustig gefunden, dass sie nie das nachsprach, was man ihr vorsagte, sondern für jedes Ding eigene Wörter erfand. Dass sie damit langfristig in der Welt der menschlichen Kommunikation durchkommen würde, bezweifelte man mittlerweile. Sie sagte »Hippi-hippi« zu Schmetterlingen, »Berbera« zu Äpfeln, der Löffel hieß »Britzi« und der Brei »Aguch«. »Britzi Aguch« bedeutete: »Ich habe Hunger.« Und nun also war als neuer Begriff in das Mariechen-Wörterbuch »Bibbelsna«, der Hirschkäfer, eingegangen. Niemand schien sich mehr für Pico und seine blutige Hand zu interessieren.

»Ich muss unbedingt Fotos machen von diesem Prachtburschen«, sagte Picos Vater, »ich hole schnell die Kamera.

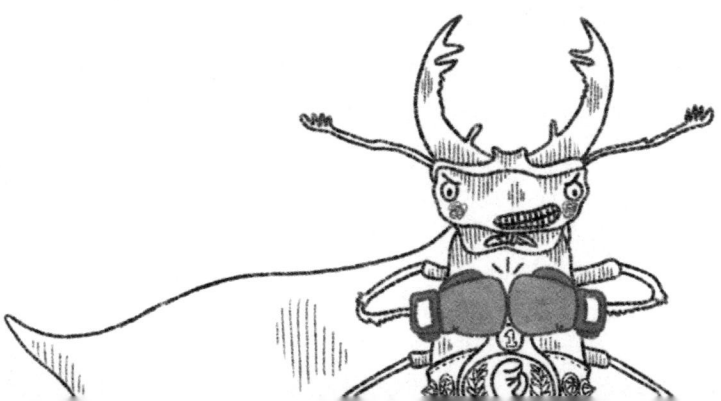

Pico, pass auf, dass er nicht abhaut!« Dann rannte er Richtung Haus.

»Und wie soll ich das bitteschön machen?«, schrie Pico ihm hinterher. »Soll ich ihn vielleicht festhalten, damit er mir den Rest der Hand auch noch zerfleischen kann?« Eine Weile standen Pico, seine Mutter, Mariechen und der leise schnarrende Franz Joseph einfach nur da.

»Werde ich eine Blutvergiftung bekommen, Mama? Muss ich sterben?«, fragte Pico und hielt ihr die verletzte Hand hin. Ihm schien, dass sie bereits bläulich angelaufen war. Picos Mutter nahm die Hand und begutachtete sie.

»Du bist Tetanus geimpft«, sagte sie trocken, »du wirst also höchstwahrscheinlich überleben.« Dann hob sie Mariechen wieder auf ihre Hüfte und ging zum Haus zurück. Fassungslos über so viel Gefühllosigkeit lutschte Pico an seinen Wunden. Er musste zugeben, dass sie nicht wirklich tief waren. Aus dem Augenwinkel sah er, wie Franz Joseph sich vom Acker machte. Als er unwiderruflich im Gebüsch verschwunden war, traf Picos Vater keuchend mit der Kamera ein: »Wo ist er? Hast du nicht aufgepasst?« Pico wurde knallrot vor Zorn, drehte sich wortlos um und marschierte davon.

»Mensch Pico!«, rief ihm sein Vater nach, »du hättest ihm doch wenigstens einen Stein in den Weg legen können oder sowas! So eine einmalige Gelegenheit!«

KAPITEL VIER

Zu den enervierenden Schrulligkeiten von Picos Eltern gehörte auch ihr Verhältnis zu Tieren. Sie liebten Tiere über
alles. Und sie gingen grundsätzlich davon aus, dass die Tiere
diese Gefühle erwiderten. Zum ersten Mal hatte Pico dies zu
spüren bekommen, als er etwa so alt gewesen war wie Mariechen jetzt. Sein Vater war in Karenz gegangen und hatte
Pico im Kinderwagen stundenlang durch den Wienerwald,
den Schönbrunner Schlosspark oder über die Donauinsel
geschoben. Einmal durchquerten sie den Lainzer Tiergarten
und kamen am Damhirschgehege vorbei. Was Pico damals
noch nicht wusste, war, dass an selbigem Schilder angebracht waren, auf denen stand: »Bitte die Tiere nicht füttern!« Was Pico ebenfalls noch nicht wusste, war, dass sein
Vater eine spezielle Einstellung zu Verbotsschildern hatte.
Er fand, dass jeder mündige Bürger selbst entscheiden müs-
se, ob er sich an das auf einem Verbotsschild stehende Verbot hielt, oder ob er die reife und überlegte Entscheidung
traf, das Verbot zu missachten. Stand auf einem Schild:
»Rasen betreten verboten«, konnte es schon vorkommen,

dass Picos Vater dies als Tyrannei des Stadtgartenamtes interpretierte und sich daher bemüßigt sah, gerade auf diesem Rasen seine Picknickdecke auszubreiten.

Hier also stand:»Bitte die Tiere nicht füttern!«, und für Picos Vater war klar, dass die armen Damhirsche auf eine grausame Diät gesetzt worden waren. Er drückte also dem im Kinderwagen sitzenden kleinen Pico einen Apfelschnitz in die Hand und sagte:»Los Pico, füttere die lieben Rehlein!« Pico beugte sich vor und steckte den Apfelschnitz durch den Zaun. Wie ein hungriger Hai stürzte sich das nächststehende liebe Rehlein darauf, entriss Pico den Apfelschnitz und biss ihn dabei kräftig in die Hand.

»Das Rehlein hat das nicht so gemeint«, tröstete Picos Vater seinen brüllenden Sohn,»das war ein Unfall. Das Rehlein hat dich ganz lieb und ist jetzt froh, dass es einen Apfelschnitz bekommen hat!«

Pico, der sich in diesem Alter wesentlich deutlicher ausdrücken hatte können als Mariechen, erzählte abends seiner Mutter von dem schrecklichen Erlebnis:»Rehlein aua macht!« Picos Mutter, die ihre Arbeitszeit ohnehin in großer Sorge darüber verbrachte, ob ihr Mann den Anforderungen der Kinderbetreuung tatsächlich gewachsen war, machte diesem schlimme Vorwürfe.

»Jetzt wird er sein Leben lang Angst vor Rehen haben!«, sagte sie.»Unser Sohn ist für immer traumatisiert!«

Ein halbes Jahr später allerdings, als sie selbst in Karenz gegangen war, zeigte sich, dass sie aus genau demselben

Holz geschnitzt war wie ihr Mann. Eines Tages kamen sie und Pico an einem Supermarkt vorbei, vor dem ein großer, niedlich und flauschig aussehender Hund angebunden war.

»Ist das ein lieber Hund!«, rief Picos Mutter entzückt, »lauf hin und streichel ihn, Pico!«

Pico rannte los und warf sich dem großen, flauschigen Hund an den Hals. Der Hund, der konzentriert die sich öffnende und schließende automatische Tür des Supermarktes beobachtet hatte, hatte mit einer so stürmischen Liebesbezeugung nicht gerechnet. Er erschreckte sich zu Tode, stieß Pico um und schnappte nach seinem Ohr. Dann fing er an, den am Boden liegenden Pico wild anzukläffen. Picos Mutter zerrte Pico entsetzt weg, die Besitzerin des Hundes kam aus dem Supermarkt herausgelaufen.

»Er hat den Hund doch nur streicheln wollen!«, erklärte Picos Mutter.

»Ja sind Sie denn wahnsinnig? Sie können Ihr Kind doch nicht einfach einen fremden Hund streicheln lassen!«, rief die Hundebesitzerin. Der Hund kläffte. Picos Ohr war knallrot und tat weh. Picos Mutter bekam eine ausführliche Standpauke von der Hundebesitzerin und gab sich zerknirscht. Als Hund und Frauchen endlich gegangen waren, sagte Picos Mutter: »Weißt du Pico, der Hund ist sicher ganz lieb. Er hat sich nur ein bisschen erschreckt. Er hat dir ganz bestimmt nicht wehtun wollen. Wahrscheinlich ist er nur deshalb so nervös, weil er so ein hysterisches Frauchen

43

hat. Wenn er ein netteres Frauchen hätte, hätte er dich bestimmt nicht gebissen.«

Aber Pico wollte nie wieder einen fremden Hund anfassen. Offenbar wussten die Hunde das zu schätzen, denn es war seither zu keinem weiteren Zwischenfall gekommen.

KAPITEL FÜNF

Pico saß am Steg, lutschte seine Wunden und sann auf Rache.

Er sah es nun klar und deutlich vor sich: Seine Eltern waren schuld an seinem Missgeschick. Sie hatten ihn in schwachsinniger Weise dazu erzogen, jedes beliebige Tier einfach anzugreifen, und nun hatte er infolge dieser fatalen Erziehung den Hirschkäfer angegriffen. Sie waren vollkommen verantwortungslos. Sie hatten aus ihm einen bescheuerten, selbstschädigenden Tiergrapscher gemacht. Und dann hatten sie auch noch kein Wort des Trostes für ihn und keine Mordabsicht dem tatverdächtigen Käfer gegenüber geäußert, nicht einmal Wundspray hatten sie geholt! Seit Mariechen auf der Welt war, wurde ihm immer nur Stärke abverlangt. Du bist der Große, du musst vernünftig sein, du bist alt genug, dir selbst ein Brot herzurichten. Pico hatte die Nase gestrichen voll. Natürlich musste die Rache vollkommen unschuldig aussehen. Er wollte seinen Eltern Mühe und Arbeit machen, aber so, dass sie es ihm nicht vorwerfen konnten.

Er sah auf das am Steg vertäute Boot. Vielleicht sollte er eines der Ruder ins Wasser werfen. Dann zu seinem Vater laufen, ein Tränchen zerdrücken und jammern: »Ein riesiger Wels hat es mir plötzlich aus der Hand gerissen!« Pico wusste nicht, ob das Ruder schwimmen oder auf den Grund sinken würde. Auf jeden Fall würde sein Vater ins Wasser springen müssen, entweder um das wegtreibende Ruder schwimmend einzuholen oder um es aus dem Pflanzensumpf wieder heraufzutauchen. Das Risiko war nur, dass er möglicherweise von Pico verlangte, dass er das Ruder selbst wieder herausholte. Es würde ihm etwas Besseres einfallen. Vielleicht sollte er sich zuerst um seine Mutter kümmern. Er musste ihr etwas zu tun geben, was sie definitiv nicht machen wollte, ihm aber nicht abschlagen konnte. Und dann hatte er eine Idee.

Pico stand auf und ging Richtung Haus. Auf der Terrasse saß Mariechen und »kochte« grauenvolle Dinge aus Schlamm und Blättern in ihren Sandspielzeugkübeln. Als sie Pico sah, lief sie zu ihm und nahm vorsichtig seine verletzte Hand. Ehrfürchtig schaute sie auf die kleinen Einstiche, die, so schien es Pico, schon ein wenig zugeheilt waren, riss die Augen weit auf und flüsterte: »Bibbelsna!«

»Ja, das war Bibbelsna«, sagte Pico, »fass bloß nie einen Bibbelsna an, wenn du einen siehst. Oder irgendein anderes Tier.« Dann ging er ins Haus und suchte sich unter den ausgefransten Weidenkörben von Frau Sebereisen, die im Flur standen, einen besonders großen aus. Leise, um nur ja keine Aufmerksamkeit zu erregen, ging er zurück über die Terrasse und machte die Zauntüre sorgfältig hinter sich zu. Mariechen sah kurz auf und lächelte ihn an, wie immer, wenn sie ihren Bruder sah. Pico fand es zwar unmännlich, kleine Kinder süß zu finden, aber bei Mariechen machte er eine Ausnahme. Immerhin war sie das einzige Wesen auf der Welt, das bei seinem Anblick zu strahlen begann.

Beim Holunderbaum stellte er den Korb ab und machte sich daran, die weißen Dolden zu pflücken. Es war heiß und nach einer Weile begann er zu schwitzen, aber er sagte sich, dass seine Arbeit nichts im Vergleich zu der war, die seiner Mutter bevorstand. Er füllte den Korb mit Holunderblüten, bis sie oben herausfielen. Dann trug er ihn ins Haus und stellte ihn seiner Mutter auf den Küchentisch.

»Schau Mama«, sagte er treuherzig, »das hab ich ge-pflückt, damit du für uns Holunderblütensirup machen kannst!« Pico liebte hausgemachten Holunderblütensi-rup. Er bekam ihn normalerweise nur bei seinem Freund Batman, dessen Mutter eine erfahrene Holunderblütensaft-produzentin war. Picos Mutter dagegen schaute, wie er-hofft, nun eher verzweifelt drein.

»Aha«, sagte sie. »Aber ich hab ja gar keine Flaschen zum Abfüllen.«

»Bitte Mama«, bettelte Pico und versuchte, süß dreinzu-schauen.

»Na gut«, seufzte Picos Mutter, »aber ich hab keine Ah-nung, wie das geht. Du musst zu Frau Tabakoff rüberlaufen und sie fragen, wie man Holunderblütensirup macht. Die weiß das bestimmt. Lass dir genaue Anweisungen geben. Aber beeil dich, man muss das sicher gleich ansetzen, sonst fallen die Blüten zusammen.« Innerlich fluchte Pico. Er hätte es wissen müssen! Immer endete alles nur damit, dass er Arbeit bekam!

»Wer anderen eine Grube gräbt, fällt selbst hinein«, pflegte die alte Frau Sebereisen zu sagen. Vielleicht hatte sie ja recht. Vielleicht war das so ein komisches Gesetz des Universums. Aber noch war nicht alles verloren. Er musste die Sache jetzt durchziehen. Er konnte ja die Anweisungen von Frau Tabakoff zur Holunderblütensaftproduktion durch ein paar komplizierte, selbst erfundene Zusatzschritte zu gebührender Mühsal für seine Mutter noch auffetten.

Pico schlurfte über die Schotterstraße, dass eine Staubwolke rings um ihn aufstieg. Die Sonne stach, die Gelsen setzten sich ungerührt auf seine dick mit Anti-Mücken-Milch eingeschmierten Arme und Waden. Er riss einen Zweig von einem Weidenbusch und schlug damit ein paar Blumen die Köpfe ab. Als er am Haus der Tabakoffs den Klingelknopf drückte, erklang eine elektronische Melodie: »Für Elise«. Beethoven. Sie erinnerte Pico an die verhassten Klavierstunden, die er erst ein Jahr zuvor aufgeben hatte dürfen. Noch etwas, das ihm seine Eltern angetan hatten, die auf Pico insgesamt einen zunehmend kritisierenswerten Eindruck machten.

»Grüß dich, junger Mann«, sagte Frau Tabakoff erstaunt, als sie die Tür aufmachte. »Komm nur herein.«

Sie führte ihn in die Küche, wo Juanita an einem großen Esstisch über Schulbüchern saß. Sie sah drein wie ein Gefangene, die wieder und wieder ihre Verurteilung las, ohne sie so recht zu verstehen.

»Hi«, sagte Pico.

»Hi«, sagte Juanita.

»Möchtest du doch ein bisschen mit Juanita lernen?«, fragte Frau Tabakoff hoffnungsvoll.

»Ich darf wirklich nicht«, antwortete Pico höflich.

»Leider kann ich ihr nicht helfen«, erklärte Frau Tabakoff, »es ist sechzig Jahre her, dass ich in die Schule gegangen bin. Ich kann mich beim besten Willen nicht erinnern. Und das, was ihr da heute lernt, haben wir sowieso alles nicht gelernt.«

»Und doch hast du die letzten sechzig Jahre ganz ausgezeichnet überlebt, ohne das alles zu wissen, was ich wissen soll, Oma«, nutzte Juanita die Gelegenheit, ihr Studium zu unterbrechen. Pico fand, dass das Argument überzeugend war.

»Aber heutzutage muss man das eben wissen, wenn aus einem was werden soll – stimmt's, Pico?«, sagte Frau Tabakoff.

»Äh«, sagte Pico.

»Ich kann doch auch einfach heiraten und Kinder kriegen und Hausfrau sein. So wie du, Oma«, sagte Juanita.

»Nein nein nein!«, rief Frau Tabakoff, »die Zeiten sind vorbei, Juanita. Frauen müssen heutzutage auch Geld verdienen. Würdest du eine Frau heiraten wollen, die keinen Job hat und kein Geld verdient, Pico?«

»Äh«, sagte Pico.

Juanita grinste. »Oh doch, das will er, Oma. Pico ist super in der Schule, er wird studieren und unfassbar reich werden. Dann werden wir heiraten und Kinder kriegen und leben glücklich in unserem riesigen Strandhaus in Miami.« Pico brach der Schweiß aus. Die ganze Holunderblütensirupsache begann ihm langsam zu entgleiten. Jetzt musste er schon Juanita heiraten und unfassbar reich werden.

»Weshalb bist du eigentlich gekommen, junger Mann?«, fragte Frau Tabakoff zu seiner Erleichterung. Endlich konnte Pico seinen Auftrag ausführen und erklären, dass er von seiner Mutter geschickt worden war, um in die Geheimnisse der Holunderblütensirupherstellung eingeweiht zu werden. Frau Tabakoff schien äußerst geschmeichelt darüber, in dieser Frage zu Rate gezogen worden zu sein. Sie hob zu einer langen Rede an, von der Pico außer dem Wort »Zitronenscheiben« nicht viel verstand.

»Könnten Sie ... könnten Sie es mir vielleicht aufschreiben?«, fragte er schüchtern, sobald Frau Tabakoff zum Ende gekommen war. In diesem Moment sprang Juanita auf und sagte: »Ich kann mit dir mitgehen und es deiner Mutter erklären!«

»Ja, das ist eine gute Idee. Juanita kann das aus dem Eff-eff«, sagte Frau Tabakoff, der vollkommen entgangen zu sein schien, dass Juanita gerade einen Weg gefunden hatte, das Lernen einzustellen.

Gemeinsam schlurften sie über die Schotterstraße. Pico war erleichtert, dass Juanita nicht sagte: »Hör auf Staub aufzuwirbeln, man erstickt ja halb!« In seiner Klasse gab es Leute, die so etwas gesagt hätten. Aber Juanita machte einfach mit. Als sie wirklich kaum mehr Luft bekamen, hörten sie zu schlurfen auf und sprangen aus der Staubwolke heraus.

»Wieso weißt du, wie man Holunderblütensirup macht?«, fragte Pico.

»Ich helfe in der Küche. Das ist Teil meiner Ausbildung zu einem überlebensfähigen Menschen«, sagte Juanita.

»Mein Vater will auch immer, dass ich Marinaden für sein Grillfleisch mit ihm mache«, sagte Pico. »Dann erklärt er mir, dass es einen Rie-sen-unterschied macht, ob man Knoblauch presst oder kleinschneidet.«

»Das ist auch tatsächlich der Fall«, meinte Juanita mit Kennermiene.

Pico blieb unbeeindruckt. »Mir ist das alles sowas von egal. Nudeln ins Wasser, Glas auf, Soße drüber. Fertig.«

»Mir macht Kochen Spaß«, erklärte Juanita.

»Echt jetzt?«

»Klar. Vielleicht eröffne ich eines Tages ein Restaurant.«

»Dann muss ich dich also doch nicht heiraten?«

»Um Gottes willen, nein!«, rief Juanita, als hätte er ihr die Ehe mit einem warzenbedeckten Reptil vorgeschlagen.

Pico war gekränkt. »Was heißt bitte ›Um Gottes willen, nein?‹ Bin ich so abstoßend?«

»Nein nein«, beteuerte Juanita, »es ist nur … du bist viel kleiner als ich.« Das war ihm noch gar nicht aufgefallen, aber jetzt wurde es ihm bewusst. Juanita war einen halben Kopf größer als er.

»Und das«, fuhr sie fort, »wird sich in den nächsten Jahren noch vervielfachen. Ich werde nämlich sehr groß werden.«

»Wohingegen ich ja nicht mehr wachsen werde.«

»Natürlich wirst du wachsen. Aber ich werde riesig. Ich habe nämlich riesige Füße. Schuhgröße 42. Das bedeutet, dass ich mindestens einsachtzig groß werde.«

»Ich hab Schuhgröße 40«, sagte Pico.

»Siehst du! Damit wirst du maximal einssiebzig. Und wenn ich dann High Heels trage, würden wir beide echt dämlich aussehen als Paar.«

»Deine Theorie ist echt dämlich. Vielleicht wachsen meine Füße ja noch und ich habe am Ende Schuhgröße 52 und bin zwei Meter groß.«

»Glaub ich nicht.«

»Glaub ich doch.«

»Du wirst eine Frau finden«, sagte Juanita gütig und tätschelte ihm die Schulter. Sie waren bei Picos Haus angekommen und gingen durch den Windfang hinein. In der

Küche stand Picos Mutter immer noch in ihrer Nachdenk-position – eine Hand ins zerraufte Haar gesteckt, eine Hand in die Hüfte gestemmt – vor dem Korb mit den Holunder-blüten.

»Na endlich«, sagte sie. »Hallo, Juanita.« Es entspann sich nun ein langes Gespräch zwischen Juanita und seiner Mut-ter, das Pico ausblendete. Ihn interessierte nicht der Weg, sondern das Ziel: Mutter erschöpft, Holunderblütensaft auf dem Tisch. Am Ende griff seine Mutter nach den Auto-schlüsseln und sagte: »Okay, ich muss jetzt ein paar Dinge einkaufen fahren. Ein Kilo Zitronen, drei Kilo Sirupzucker, eine riesige Schüssel. Leere Glasflaschen. Einen Trichter. War's das?« Juanita hob den Daumen zur Bestätigung.

»Wie lange habe ich, bevor die Blüten welk sind?«

»Bei der Hitze maximal eine Stunde, wenn man sie nicht in den Kühlschrank gibt«, sagte Juanita. Der Kühlschrank war randvoll, wie Pico wusste, da war kein Platz für einen riesigen Korb voller Blüten.

»Okay«, sagte seine Mutter, »ich beeil mich.« Sie sah wunderbar gestresst aus, als sie nach draußen lief. Pico lä-chelte zufrieden. Mission erfüllt, dachte er.

Eine Weile lauschten Pico und Juanita dem Gespräch zwischen Picos Vater und Mariechen auf der Terrasse, das durch das offene Küchenfenster zu hören war.

»Schau-fel, Mariechen. Schau-fel.«

»Arps.«

»Nicht Arps, Mariechen. Schau-fel.«

»Arps. Arps.«

»Ach Mariechen, ich glaube, du kommst von einem anderen Planeten.«

»Bibi.«

»Vom Planeten Bibi kommst du also?«

»Bibi. Arps. Agagah.«

Pico hob seine von Franz Joseph geschundene Hand und zeigte Juanita die verkrusteten Einstiche. »Weiß du, was das war?«

»Ist das ein Quiz?«

»Rate.«

»Zwei Gelsen.«

»Blödsinn. Ein Hirschkäfer. Hirschkäfermännchen.«

»OMG!«, rief Juanita, »du hast ein Hirschkäfermännchen gesehen? Hier? So ein riesiges mit Geweih?«

»Es war keine besonders schöne Begegnung.«

»Du Glücklicher! Weißt du, wie selten sowas ist? Ich habe noch nie einen gesehen! Das ist wie ein Lotto-Zwölfer! Ich muss das sofort ...«, sie stockte plötzlich, »... erzählen.«

»Wem erzählen?«

»Niemandem. Meinen Großeltern. Irgendwem.«

»Ich verstehe. Du hast einen Freund, von dem niemand etwas wissen darf?«

»Ich sage nichts ohne meinen Anwalt.«

»Danke für dein Mitgefühl, übrigens.«

»Wegen der kleinen Piekser? Ist der Hirschkäfer etwa auf dich losgegangen und hat dich attackiert?«

»Nicht direkt.«

»Ist er auf deiner Hand gelandet und hat seine Zangen in sie versenkt ohne Grund?«

»Ich ... hab ihn aufgehoben.«

»Der arme Kerl. Bestimmt ist er völlig traumatisiert!« Zum Glück meldete sich in diesem Moment Juanitas Handy mit einem düsteren Heavy-Metal-Refrain.

»Ja, Oma«, sagte Juanita, »bin schon auf dem Rückweg. Ich weiß, ich weiß.« Sie wandte sich zu Pico: »Muss heim. Das *present perfect* wartet auf mich.«

»Mein Beileid.«

»Wenn du den Hirschkäfer wiedersiehst, stell eine Schüssel über ihn und hol mich auf der Stelle!«

»Klar. Und wenn ich einen Bären sehe, stell ich eine Riesenschüssel über ihn.«

»Das wäre ganz super.« Damit ging sie davon.

KAPITEL SECHS

Pico beschloss, aus der Not eine Tugend zu machen und ein erstklassiger Ruderer zu werden. Es war nicht leicht, er war wohl noch zu klein für die riesigen Ruder, aber er machte Fortschritte. Er versuchte möglichst große Strecken zu überwinden, gegen die Strömung zu rudern und vor allem das Anlegen zu perfektionieren.

In seinem Zimmer stand ein alter Kinderwagen, der randvoll war mit staubigen Büchern. »Ein Sechzigerjahre-Kinderwagen, ist das toll!«, hatte Picos Mutter gesagt. »Da wirst du bestimmt viel Lesestoff drin finden.« Pico bezweifelte, dass die Lektüre der Sebereisens allzu viel Reizvolles für ihn enthielt. Doch dann fesselte ihn bereits das erste Buch, das er in die Hand nahm. Es hieß: »Knoten Spleißen Takeln« und enthielt Anleitungen zum kunstvollen Schlingen von Knoten für die Seefahrt. Pico übte mit einem alten Seil Achtknoten, Palstek und Webeleinstek. Er hatte bereits etliche Seemannsknoten gelernt, als ihm klar wurde, dass er sie zum sicheren Anbinden des Ruderbootes verwenden konnte.

Batman war mittlerweile in Südfrankreich und schickte Pico alle paar Stunden begeisterte Nachrichten.

drauf?

du hast echt zu viel zeit oida

Noch später:

Gerald ist erst 10 und segelt voll profi

bringts mir bei

auf Französisch

rudere auf deutsch

neidisch? versteh ich. segeln ist so nice!

weißt du überhaupt, was ein palstek ist?

selber steak

Noch später:

wenn man inhalt vom Schiffsklo ins Meer lehrt kommen ganz viele Fische

FRESSEN KACKE AUF

SAMT KLOPAPIER

touché

da kann ich nicht mithalten :/

wir kacken ins häusl ^^

angeschlossen ans kanalnetz

kein klopapier im lackelwasser :P

Und das war offiziell das erste Mal, dass Pico etwas Positives über das Lackelwasser gesagt hatte.

Luc war der Mann, von dem Batman hoffte, dass er sein Stiefvater werden würde, und Gerald dessen Sohn, also Batmans möglicherweise zukünftiger Stiefbruder. Batmans Mutter war Französisch-Übersetzerin und hatte Luc im Job kennengelernt. Sie hatte Batman von klein auf Französisch beigebracht und der gab gerne damit an. Vor etwa einem Jahr hatten sich Batmans Eltern scheiden lassen. Ein Psychologe hatte Batman damals erklärt, dass sein Vater eine sehr, sehr schwere Krankheit habe. Batman hätte fast einen Herzinfarkt bekommen, weil er dachte, sein Vater hätte Krebs im Endstadium und nur mehr zwei Wochen zu leben. Der Psychologe führte dann aber weiter aus, dass Batmans

Vater an einer Krankheit namens »Spielsucht« leide. Er stehe unter dem fürchterlichen Zwang, jeden Euro, den er in die Finger bekam, an Automaten oder bei Pokerspielen oder beim Black Jack im Casino zu verspielen.

»Sie meinen also, er ist krank im Sinne von bescheuert?«, hatte Batman den Psychologen gefragt.

»Nein, Johannes«, hatte der Psychologe laut Batman mit einem unerträglich beschwichtigenden Säuseln gesagt, »dein Vater ist krank im Sinne von krank.«

Nach und nach erklärte ihm dieser Fremde all das, was seine Eltern so lange erfolgreich vor ihm verborgen gehalten hatten. Batman fiel es wie Schuppen von den Augen. Deshalb also all die Gespräche, in denen sein Vater seine Mutter um Geld anbettelte, obwohl er doch selber genug verdiente! Deshalb die hysterischen Ausrufe seiner Mutter, wenn sein Vater die Wohnungsschlüssel nahm: »Wohin gehst du?!« Deshalb die vielen Weihnachten bei den ernst und betreten wirkenden Großeltern mütterlicherseits und ohne einen eigenen Christbaum zu Hause, weil der bei Opa und Oma ja angeblich genügte. Deshalb das plötzliche Absagen von lange geplanten Urlaubsreisen, das ständige Umziehen in immer kleinere und schlechter gelegene Wohnungen, das verheulte Gesicht seiner Mutter so oft schon beim Frühstück. Deshalb hatte Batman nicht an Skikursen oder Schullandwochen teilnehmen können, deshalb läutete manchmal um sechs in der Früh ein fremder Mann mit amtlichem Ausweis an der Tür, der sich in der Wohnung nach Wertgegenständen umsah, während Batman seine Schultasche packte. Batman verstand die Welt nicht mehr, indem er sie mit einem Schlag verstand.

»Wie ist es möglich«, fragte er den säuselnden Psychologen, »dass ein Mann, der von seinem Sohn verlangt, im Supermarkt auf einen Schokoriegel zu verzichten, selbst nicht darauf verzichten kann, tausende von Euro in einem Spiel zu verschleudern?«

»Genau deshalb ist es ja eine Krankheit. Es hat nichts mit verstandesmäßigen Entscheidungen zu tun. Aber das Gute ist, dass dein Vater jetzt eine Therapie macht.«

»Jetzt, wo meine Mutter sich scheiden lassen will?«

»Besser jetzt als nie.«

»Hätte er da nicht ein paar Jahre früher drauf kommen können?«

»Er hat erst durch die bevorstehende Scheidung verstehen können, dass die Sucht sein Leben zerstört«, säuselte der Psychologe. »Das sind lange Prozesse, Johannes.« Und so weiter und so fort. »Es ist ganz normal, dass du jetzt sehr wütend bist«, säuselte der Psychologe immer wieder zwischendurch, woraufhin Batman jedes Mal noch wütender wurde.

Irgendwann, hatte Batman Pico später erzählt, habe er den Wunsch geäußert, sein Vater würde eine richtige Krankheit bekommen und elend dahinsiechen. Denn dann hätte er wenigstens Mitleid für ihn aufbringen können. Daraufhin habe der Psychologe, der mit Batman redete wie ein

Polizist mit einem randalierenden Besoffenen, gesagt: »Es geht nicht darum zu urteilen, Johannes, es geht darum zu verstehen.« Dieser Satz habe Batman vollends in Rage gebracht.

»Dann werden Sie sicherlich verstehen, was ich jetzt mache«, habe er gesagt und sei aufgestanden und zu dem mannshohen Ficus gegangen, der in dem Kämmerchen des Psychologen stand. Batman habe sich das Hosentürl aufgezippt und volle Kanne auf den Ficus gepinkelt.

»Hat er deinen Pimmel gesehen?«, hatte Pico atemlos gefragt.

»Nein, natürlich nicht. Ich habe mich mit dem Rücken zu ihm hingestellt. Er hat mich von hinten gesehen, ein Plätschern gehört, und dann hat er vielleicht auch noch den Strahl gesehen, der den Stamm des Ficus traf. Ich habe aber sehr zivilisiert in den Blumentopf getroffen und nicht auf den Boden gespritzt. Saubere Sache.«

Der Psychologe hatte Batmans Mutter 60 Euro für die Sitzung und 280 Euro für den Ficus verrechnet. »Hervorragend investiertes Geld«, hatte Batman zu Pico gesagt. Dann hatte der Psychologe Batmans Mutter noch die Warnung mit auf den Weg gegeben, sie möge gut auf ihren Sohn aufpassen, er zeige jetzt schon soziopathische Züge. Seine Mutter habe gefragt, wie er das meine, hatte Batman erzählt.

»Nun, Ihr Sohn zeigt keinerlei Empathie«, habe der Psychologe gesagt. »Er kann kein Mitgefühl für andere

Menschen empfinden. In dem Moment, als er auf meinen Ficus pinkelte, fehlte ihm jegliche Einfühlung in mich. Er konnte sich nicht vorstellen, wie es mir dabei ging.« Seine Mutter sei natürlich fix und fertig gewesen, hatte Batman erzählt. Eines Abends dann habe sie ihn gefragt, was er denn denke, wie sich der Psychologe gefühlt habe, als er auf seinen Ficus pinkelte. Batmans Anwort sei gewesen: »Erst war er nur überrascht, ja, sogar neugierig. Als ihm klar wurde, was ich da tue, machten sich Entsetzen, Ekel und Abscheu in ihm breit. Er fühlte sich hilflos und wie gelähmt. Und genau das war ja der Sinn der Sache.« Daraufhin sei ihm seine Mutter schluchzend um den Hals gefallen, habe ihn geküsst und gedrückt und gerufen: »Gott sei Dank! Gott sei Dank! Du bist kein Soziopath!«

»Was genau ist ein Soziopath?«, habe Batman gefragt.

»Ein Mensch, der sich in andere nicht einfühlen kann. Aber du kannst dich ganz hervorragend einfühlen! Du hast genau gewusst, wie es dem Herrn Doktor gegangen ist, als du in seinen Ficus gepinkelt hast!«

Jedenfalls war es nach der Scheidung mit Batmans Lebensstandard rapide aufwärts gegangen, weil seine Mutter plötzlich ihr gesamtes Einkommen für normale Dinge ausgeben konnte, anstatt Zockereien zu finanzieren. Und nun hoffte Batman, dass Luc ein geeigneter Stiefvater war, wobei er ihn einer genauen Prüfung unterzog. Er registrierte akribisch Lucs Eigentumsverhältnisse und beobachtete sein Verhalten im Umgang mit Geld. Leider konnte Batman seiner Mutter kein uneingeschränktes Urteilsvermögen in diesen Dingen zugestehen. Bis jetzt sah es gut aus. Luc besaß ein schönes Haus (»schuldenfrei«), ein vernünftiges Auto (»abbezahlt«), und jetzt war auch noch ein Segelboot ins Spiel gekommen. Schön langsam begann Pico zu fürchten, dass Batmans Lebensstandard den seinen bald deutlich überschreiten könnte. So sehr er ihm das auch gönnte! Aber von Meer und Segelbooten zu schwärmen, während Pico in einem alten Kahn über einen Sumpftümpel ruderte, war nicht die feine englische Art.

KAPITEL SIEBEN

Es gab wenig Verkehr am Lackelwasser. Zunächst einmal waren aus Naturschutzgründen keine Elektro-, Segel- oder gar Motorboote zugelassen, sondern nur Ruderboote, und davon nur eine begrenzte Zahl. Jene, die ein Ruderboot besaßen, schienen davon nur selten Gebrauch zu machen. Vereinzelte Angler fuhren meist in aller Herrgottsfrühe aus, wie Pico von seinem Balkon aus beobachten konnte, wenn Mariechen ihn zur Unzeit geweckt hatte. Bei den Anglern handelte es sich ausnahmslos um Männer in weit fortgeschrittenem Alter, die stets allein und mit großem Ernst, ja beinahe geheimnisumwittert, zur Sache gingen.

Einmal fragte Picos Vater Herrn Tabakoff, wie man denn zu einer Fischereilizenz für das Lackelwasser käme. Er habe Lust bekommen, auch den einen oder anderen Fisch für seinen Grill selbst zu erlegen. Herr Tabakoff lachte wie der Bösewicht in einem James-Bond-Film, wenn er gerade die Weltherrschaft an sich reißen will. Eine Fischereilizenz für das Lackelwasser zu bekommen, erklärte er, sei in etwa so schwierig wie eine Gondellizenz für Venedig zu bekommen.

Also so gut wie unmöglich. Die Lizenzen würden in den Familien weitergegeben oder allenfalls, wenn es keine Erben gab, für unbeschreiblich hohe Summen verkauft. Warum nur, dachte Pico, mussten alle das Lackelwasser mit Venedig vergleichen?

Das Lackelwasser war nicht See und nicht Fluss. Seine Form glich der einer Boa constrictor, die ein paar Rinder, Schafe und Hühner verschluckt hatte, was sich durch Ausbuchtungen an verschiedenen Stellen zeigte. Gleichzeitig legte sich die Boa in komplizierte Schlingen. Mancherorts war das andere Ufer so weit entfernt, dass man es nur als fedriges grünes Aquarell sah. An der engsten Stelle lagen die beiden Ufer so nah beieinander, dass man eine Holzbrücke darüber gebaut hatte.

Hielt er sich vom Steg aus rechts, kam Pico in die eher zivilisierten Bereiche. Hier gab es andere Stege, auf denen Menschen und Hunde lagerten, Gärten, dahinter Behausungen von winzigen Badehüttchen bis hin zu veritablen Villen. Man roch Grillanzünder, glühende Holzkohle und verbranntes Fett, manchmal wehte der Duft von Sonnencreme herüber. Kinder plantschten mit Schwimmnudeln oder aufblasbaren Gummibooten, ihre Stimmen hallten durch die Wälder. Vereinzelte Erwachsene schwammen weit hinaus, man sah ihren entschlossenen Gesichtern an, dass sie ein Fitnessprogramm absolvierten. Eine Schwanenfamilie – Vater, Mutter und drei flauschige graue Küken – patrouillierte jeden Tag, pünktlich wie ein Uhrwerk, jeweils ab elf Uhr und ab siebzehn Uhr die Stege in der Hoffnung auf Brotreste. In sicherem Abstand folgten ihnen Stockenten, Mandarinenten und Blässhühner.

Wenn Pico weiterruderte, tauchte nach einer Weile eine große Wiese auf, auf der ein einzelner Baum stand. Oft sah er unter diesem Baum türkische Frauen, Männer und Kinder Früchte einsammeln. Manchmal schüttelte einer der Männer einen Ast, und es regnete herunter. Pico brannte vor Neugierde zu erfahren, um welche Früchte es sich handelte, die unter Türken so beliebt waren, aber er konnte nichts erkennen. Kein Rot wie von Kirschen, kein Orange wie von Marillen, kein Grün wie von Äpfeln.

Hielt er sich vom Steg aus links, kam er in die wildere Zone des Lackelwassers. Hier hörte man nur die durchdringenden Schreie von Wasservögeln, den Wind, der durch das Pappellaub rieselte, und abends das »Ribitt« zahlloser Frösche. Sand- und Schotterbänke schoben sich aus dem Totholz. In tiefen, ruhigen Buchten deckten Teichrosen die Wasseroberfläche zu. Die Reiherinsel, die das Herz der Wildnis war, lag dort, wo die Boa constrictor eine gewaltige Kuh verschluckt hatte.

Wenn Pico vom Rudern genug hatte, legte er sich mithilfe einer zwischen die Sitzbänke gequetschten Luftmatratze halbwegs bequem hin, blinzelte in den Himmel und ließ sich treiben. Es war wahrlich nicht seine Art zu philosophieren, aber hier führte die Ruhe dazu, dass man über Sachen nachdachte. Wieso fühlte er sich manchmal so geborgen in der Natur, als wäre er ein Wasserläufer oder eine knorrige Weide, die immer schon hierher gehört hatten? Und wieso kam dann plötzlich, in dieser driftenden, sonnigen, algenduftenden Geborgenheit manchmal ein Moment der Angst, als könnte er verschluckt werden und verschwinden?

Er hatte davon gehört, dass man in allzu großer Einsamkeit zu halluzinieren begann, dass das Gehirn die Leere mit erfundenen Menschen, Lichtwesen, Stimmen füllte. Als er daher eines Tages tatsächlich mitten im Treiben auf dem Lackelwasser eine Stimme hörte, traf ihn beinahe der Schlag.

»Achtung!«, sagte die Stimme, »gleich gibt es eine Mini-Kollision!« Erschrocken fuhr Pico hoch, da knirschte sein Boot auch schon an ein Hindernis.

Neben ihm lag ein anderes Boot, ebenfalls mit eingeholten Rudern. Darin saß ein Mann, der etwa im Alter von Picos Geografielehrer war, was bedeutete, dass er Pico ziemlich alt erschien, von Picos Vater aber wohl als »junges Bürschchen« bezeichnet worden wäre. Nun sah Pico auch, dass er in unmittelbare Nähe der Vogelschutzinsel getrieben war. Der Fremde hielt ein armeegrünes Fernglas in den Händen, mit dem er die Insel absuchte.

»Du weißt, dass das Betreten der Insel verboten ist«, sagte er, ließ das Fernglas sinken und deutete auf eines der unübersehbaren Schilder, die aus dem Wasser ragten.

»Danke für den Hinweis«, sagte Pico. »Ich kann lesen.«

»Ich meine ja nur«, sagte der Mann, »es könnte ja sein, dass man sich denkt: Regeln sind dazu da, um gebrochen zu werden.«

Ich bin doch nicht mein Vater, dachte Pico und stieß sich mit der Hand von der Bootskante des Anderen ab.

»Und Sie?«, fragte er misstrauisch, »stalken Sie die Reiher?«

Der Mann lachte. »Gewissermaßen. Ich bin Biologe. Mein Job ist es sicherzustellen, dass es allen Wildtieren hier gut geht.«

Das musste dann wohl einer von den »halbseidenen« Biologen sein, die laut Herrn Tabakoff hier »herumstrawanzten«, dachte Pico. »Aber warum machen Sie das mit dem Fernglas?«, fragte er. »*Sie* dürfen doch auf die Insel gehen, oder?«

»Nein«, sagte der Mann, »normalerweise geht auch von uns niemand auf die Insel. Wir wollen hier einen Lebensraum erhalten, in dem die Tiere absolut ungestört sind. Vor allem für die Brutvögel ist das wichtig.«

»Für wen arbeiten Sie?«

»Für die Stadt Wien. Abteilung Arten- und Biotopschutz.«

»Aber wenn Sie normalerweise die Insel nicht betreten, heißt das, Sie betreten sie manchmal doch?« Pico hatte das Gefühl, den Mann zu verhören, konnte aber seine Neugier nicht bremsen.

»Ja«, sagte der Fremde, »wenn wir einen verletzten Vogel sehen, der Hilfe braucht, beispielsweise. Oder einen

Jungvogel, der aus dem Nest gefallen ist und von den Eltern nicht weiter gefüttert wird. Aber hauptsächlich, wenn Menschen auf der Insel sind.«

»Was machen Sie dann?«

»Naja, wir ersuchen sie höflich, die Insel zu verlassen und erklären ihnen, warum das für die Tiere wichtig ist.«

»Und wenn sich die Menschen weigern?«

»Dann bestehen wir darauf.«

»Und wenn sie sich dann immer noch weigern?«, fragte Pico. Der Mann schien nichts dagegen zu haben, dass er ihn löcherte.

»Dann rufen wir die Polizei«, erklärte der Biologe.

»Und wie kommt die Polizei auf die Insel?«

»Wir haben dort drüben unsere Basisstation.« Der Biologe deutete vage auf das jenseitige Ufer. »Dort gibt es noch ein zweites Ruderboot. Mit diesem kommen dann die Polizisten und entfernen die jeweilige Person von der Insel.«

»Kommt das oft vor?«

»Oft nicht, aber es ist schon vorgekommen. Einmal wollte ein Mann auf die Bäume klettern und die Eier aus den Nestern nehmen. Er hatte sogar extra eine ausziehbare Leiter mitgebracht. Die Reiher fühlen sich auf der Insel aber so sicher, dass manche sogar im Gebüsch brüten. Jedenfalls hatte der Mann bereits mühelos zwei Gelege eingesammelt, bevor wir ihn stellen konnten.«

»Warum hat er das gemacht?«

»Er war der Ansicht, die Reiher würden den Fischbestand dezimieren. Das ist aber nicht der Fall. Es gibt hier genug Fisch für alle, Vögel wie Angler«, sagte der Biologe und deutete auf das Wasser, in dem Karpfen und Karauschen dahinglitten. »Die Biber sind natürlich auch ein großer Anziehungspunkt. Sie haben einen ihrer Baue auf der Insel und kommen vor allem mit den Babys hierher, damit diese in Ruhe schwimmen üben können. Da gibt es zwei Besuchergruppen, Fans und Feinde. Die Fans kommen mit riesigen Objektiven und Tarnzelten und campieren stundenlang im Unterholz und glauben, dass sie damit der Tierwelt dort was Gutes tun. Und die Feinde – einmal haben wir sogar eine Falle gefunden. Ein verbotenes Schlageisen, in dem die Tiere schwer verletzt verenden. Ein Glück, dass wir es rechtzeitig entdeckt haben.«

»Sonst hätte ja auch einer von den Fans mit den großen Objektiven hineinsteigen können, oder?«, fragte Pico.

»Absolut. Oder einer von uns«, bestätigte der Biologe.

»Wer macht denn sowas?«

»Schwer zu sagen. Die Biber loswerden wollen viele. Aber es gibt da einen jungen Mann aus gutem Haus, der gerade die Jagdprüfung macht und besonders eifrig ist. Er sitzt gern im Gasthaus zur Rosihütte und redet groß. Darüber, was man in anderen Ländern alles darf und was hier nicht. Ich sag dann immer: Wenzel, pass bloß auf! So schnell kannst du gar nicht schauen, wie die Jagdkarte wieder weg ist, wenn du was Illegales machst.«

»Wenzel?«

»Ich habe nichts gesagt. Es gibt keine Beweise. Vergiss es sofort wieder. Wir haben aber auch lustige Gäste auf der Reiherinsel. Einmal haben wir ein älteres Pärchen erwischt, das aufräumte.«

»Mit den Bibern?«, fragte Pico.

»Nicht direkt«, lachte der Biologe. »Sie fanden, auf der Insel sehe es so unordentlich aus. Äste, Zweige, Stämme, Gras, Gestrüpp, Schlingpflanzen, alles durcheinander. Sie klaubten am Boden liegendes Holz auf und ordneten es nach Größe. Wir konnten gerade noch rechtzeitig eingreifen, bevor sie zum Unkrautjäten begannen.«

Pico schmunzelte. Er hatte einen leisen Verdacht, um wen es sich bei diesem Pärchen gehandelt haben könnte.

»Dabei«, fuhr der Biologe fort, »ist das vermeintlich Unordentliche die Grundlage für die Artenvielfalt. Also für die wirkliche Ordnung in einem komplexen Ökosystem. Deshalb sind auch die Biber so wichtig. Dort, wo sie leben, ist die Fischdichte bis zu achtzig Mal höher als anderswo. Die ins Wasser ragenden Äste der gefällten Bäume bieten den Jungfischen das perfekte Versteck. Und die Biberbauten verbessern mit ihrer Filterwirkung die Wasserqualität.«

»Aber stimmt es«, fragte Pico, »dass die Biber die Fische auch fressen?«

In gespielter Verzweiflung schlug der Biologe die Hände vors Gesicht, sank in sich zusammen und begann elend zu röcheln. »Nein, nein, nein«, jammerte er, »dieser Schwachsinn darf doch nicht an jüngere Generationen weitergegeben werden!« Er drohte, von der Sitzbank seines Bootes ins Wasser zu gleiten.

»Ich schließe aus dieser Performance, dass Biber keinen Fisch fressen«, sagte Pico.

Der Biologe richtete sich wieder auf. »Reine Vegetarier. Kräuter, Blätter, Wurzeln, Knospen, Baumrinde. Oder eigentlich Veganer. Sie fressen natürlich auch keinen Camembert und keine Eierspeis. Mein Name ist übrigens David. Sag bitte Du zu mir, sonst fühl ich mich alt.« Er reichte Pico über die Bootswand die Hand.

»Pico«, sagte Pico.

»Du bist neu hier«, sagte David. »Zu welchem Haus gehörst du denn?«

»Zu dem, das aussieht, wie eine Kreuzung aus der Villa Kunterbunt und einem indonesischen Tempel.«

David lachte. »Ich weiß genau, welches Haus du meinst. Gehört das nicht der alten Frau Sebereisen?«

»Sie hat es meiner Mutter geschenkt.« Pico erzählte die dramatische Geschichte von Frau Sebereisens Rettung durch seine Mutter.

»Es ist schön, dass das Haus wieder belebt ist«, sagte David. »Die arme Frau Sebereisen, der Tod ihres Mannes war ein schwerer Schlag für sie. Es muss hart für sie gewesen sein, nach dem, was schon mit ihrem Sohn passiert ist.«

Pico war verblüfft. »Ihr Sohn? Ich weiß nichts davon, dass sie einen Sohn hat.«

»Hatte. Er lebt nicht mehr.«

»Was ist passiert?«

»Irgendein schrecklicher Unfall, soweit ich gehört habe. Genaueres weiß ich aber auch nicht, das war lange vor meiner Zeit. Könnte sein, dass ich selbst noch nicht einmal geboren war, als es passiert ist.«

Pico brauchte eine Weile, um diese Information zu verdauen. Frau Sebereisen hatte einen Sohn gehabt, der durch einen schrecklichen Unfall ums Leben gekommen war? Und sie hatte davon noch nie ein Wort gegenüber ihrer engsten Vertrauten, Picos Mutter, erwähnt? Seltsame Geschichte.

»Und, wie gefällt es euch hier?«, fragte David. »Gibt es irgendwelche Probleme mit ... äh, Wildtieren?«

»Das kann man wohl sagen«, bestätigte Pico und hob seine Hand mit den beiden kaum mehr sichtbaren Einstichnarben. »Ich wurde von einem Hirschkäfer gebissen. Hirschkäfermännchen.«

Vor Begeisterung fiel David beinahe aus seinem Boot. »Was? Du hast einen Hirschkäfer gesehen? Hast du eine Ahnung, was das für ein Glück ist? Ich habe schon seit mindestens drei Jahren keinen mehr gesehen. Man denkt immer wieder, dass sie ausgestorben sind, und dann taucht doch wieder einer auf. Bist du sicher, dass es ein Hirschkäfer war?«

»Ich kenne einen Hirschkäfer, wenn ich einen sehe«, sagte Pico souverän.

»Wie groß war er?«

74

Pico zeigte mit den Händen die Größe eines Urzeit-handys, vielleicht auch ein oder zwei Zentimeter mehr wegen der Dramatik.

»Prächtig«, sagte David.

»Ich schließe aus deiner Reaktion«, sagte Pico, »dass die Stadt Wien keinerlei Maßnahmen zur Eindämmung der Hirschkäferaggression treffen wird.«

In gespieltem Bedauern breitete David die Handflächen aus: »Leider sind mir in dieser Angelegenheit die Hände gebunden. Sei froh, dass es kein Weibchen war. Die können noch viel kräftiger zubeißen.«

»Ernsthaft? *Noch* kräftiger?«

»Aber ja. Die Geweihe der Männchen sind ja im Grunde nur Deko. Sie rangeln damit ein bisschen mit anderen Männchen. Aber die Kieferwerkzeuge der Weibchen sind voll funktionsfähig.«

»Schon klar. Und Haifischzähne sind auch nur Deko«, sagte Pico.

»Es stimmt wirklich. Die Männchen sind sogar bei der Nahrungssuche auf die Hilfe der Weibchen angewiesen. Die Weibchen nagen die Rinde der Bäume auf, damit die Männchen dort Pflanzensaft trinken können.«

»Eine tragische Abhängigkeit.«

»Ja, Hirschkäfer sind faszinierend. Und sehr geheimnisvoll. Sie leben jahrelang als Engerlinge unter der Erde, bevor sie sich in Käfer verwandeln.«

»Wie viele Jahre?«, fragte Pico.

»Zwischen fünf und acht. Man vermutet, dass es von der Qualität des Holzes abhängt, in dem sie leben. Sie brauchen verpilzte, morsche Wurzelstöcke, um sich zu entwickeln. Totholz. Am liebsten Eichen.«

Dann war Franz Joseph also älter als Mariechen, dachte Pico. Auch wenn er den größten Teil seines Lebens nicht in Franz-Joseph-Form verbracht hatte. Andererseits, konnte man beim Menschen nicht auch die neun Monate Schwangerschaft mit einrechnen? War das nicht ebenfalls eine Zeit, wo man geheimnisvoll im Verborgenen lebte, ehe man ans Licht der Welt hinaustrat?

David hatte wieder sein Fernglas gehoben. »Ohne Biber kein Totholz, ohne Totholz keine Pilze, ohne Pilze keine Hirschkäfer ...«, murmelte er.

»Du weißt, dass das aus meiner Sicht nicht unbedingt für die Biber spricht«, sagte Pico, aber David schwieg. Ein paar Reiher hatten laut zu schreien begonnen, da war etwas Interessantes im Gange.

»Okay«, sagte Pico, »ich werd dann mal losrudern. Danke für die Biologiestunde jedenfalls.«

»Jederzeit wieder. Tschüss, Pico.«

Pico stieß sich zwei, drei Mal von Davids Boot ab, bis es außer Reichweite war. Kaum hatte er die Ruder ins Wasser getaucht, senkte David noch einmal sein Fernglas und rief ihm nach: »Und merk dir eins: Die Unordnung ist die Grundlage jeder Ordnung! Wenn du alle Bakterien aus deinem Körper eliminierst, bist du tot!«

Pico gab ihm ein Daumen-Hoch und beschloss, diese Er-
kenntnis exakt so seiner Mutter mitzuteilen, wenn sie das
nächste Mal von ihm verlangte, dass er sein Zimmer aufräumte.

KAPITEL ACHT

Für den Sonntag war Frau Sebereisen zum Besuch angekündigt. Obwohl Picos Eltern sie auch abgeholt hätten, bestand sie darauf, mit dem Taxi zu kommen. Es hatte lange
gedauert, Frau Sebereisen dazu zu überreden. Ihre Aus-
reden waren:

1. Keine Zeit (Schachturniere, Seniorenwandertage, Aquagymnastik und Arztbesuche standen im Weg).
2. Zu hohes Alter und entsprechende Gebrechlichkeit (welche sie jedoch nicht daran hinderte, zu wandern und
   Aquagymnastik zu machen).
3. Sie wollte niemandem zur Last fallen und niemandem
   Mühe machen (sie falle niemandem zur Last und sie mache niemandem Mühe, beteuerte Picos Mutter gefühlte
   hunderttausendmal).

Kurz, Frau Sebereisen schien große Scheu davor zu haben, ihr ehemaliges Sommerhaus zu betreten. Verdächtig
große Scheu. Hatte sie es nicht auch verdächtig schnell her-
geschenkt? Vielleicht war etwas faul mit dieser Hütte. Es
gab wohl nur einen logischen Grund für dieses Verhalten,

dachte Pico. Es handelte sich um ein Spukhaus. Ein Haus, auf dem ein Fluch lag. Ein so schrecklicher Fluch, dass die, die davon wussten, nicht einmal in die Nähe des Hauses kommen wollten.

Pico begann in der Nacht vermehrt auf Geräusche zu lauschen, was nicht schwer war, da ständig irgendwo etwas knarrte, pfiff, wimmerte, raschelte oder knackste. Wie angenehm war es doch in der Stadt, wo man durch das offene Fenster nur eindeutig zuordenbare Geräusche hörte! Autos, Menschen, Musik. Aber hier gab es für jeden Laut etliche mögliche Verursacher: Tiere, Wind, Einbrecher, Geister.

Dass Frau Sebereisen unter einem Fluch stand, war unschwer zu erkennen. Ihr Mann war tragisch umgekommen – über ihn sprach sie immerhin. Sogar viel, sie nannte ihn »mein Fritz«. Er war vor einigen Jahren allein zu einer Bergtour in die Karnischen Alpen aufgebrochen. Für ein paar Tage wollte er sich in die Wildnis zurückziehen, um zu wandern, nachzudenken, zu sich selbst zu finden. Vor allem wollte er *digital detox* machen, unerreichbar sein. Naja, als er nach den vereinbarten fünf Tagen nicht nach Hause kam, ließ Frau Sebereisen ihn suchen. Er war abseits der markierten Route einen Abhang hinuntergekollert und hatte sich diverse Knochen gebrochen, sodass er nicht mehr gehen konnte. Hätte er ein Handy dabei gehabt, hätte er mühelos Hilfe rufen können. So aber schrie er zwei Tage und Nächte lang vergeblich durch die Landschaft, bis ihn vor Aufregung und Ärger ein Herzinfarkt ereilte und ihm den Garaus machte. Pico konnte sich noch dunkel an Herrn Sebereisen erinnern. Wie der grauhaarige Methusalem überhaupt auf die Idee gekommen war, einen Berg zu besteigen, war ihm ein Rätsel.

Jedenfalls konnte man diesen Todesfall noch als Pech im Unglück verbuchen. Nun aber war die Information aufgetaucht, dass auch Frau Sebereisens Sohn umgekommen war – auf tragische Weise. War der antike Kinderwagen in Picos Zimmer der dieses Jungen gewesen? War der Kinderwagen ebenfalls verflucht und hatte man Bücher hineingehäuft, um etwaige paranormale Aktivitäten zu ersticken? Bewegten sich nachts seufzende Nebel darin und quollen heraus, um Picos Füße eisig zu umfangen?

Und dann dieser bizarre Haushaltsunfall, der Frau Sebereisen selbst fast das Leben gekostet hätte ... Vielleicht hatte sie gehofft, sich den Fluch vom Hals zu schaffen, indem sie das Haus einfach verschenkte? War nicht der Hirschkäferzwischenfall bereits ein erster Hinweis darauf, dass der Fluch auf Picos Familie übergegangen war?

Oh Gott, dachte Pico, ich leide an so massivem Fernsehentzug, dass ich mir schon ganze Filmplots ausdenke.

Frau Sebereisen sah noch älter aus, seit sie in das Altersheim gezogen war, noch gebrechlicher, fast ein bisschen eingeschrumpelt. Außerdem war sie sehr grantig geworden, sodass man sich fragte, woher sie die Energie dafür eigentlich nahm.

»Und, wie geht es Ihnen so, Frau Sebereisen?«, fragte Picos Vater zur Begrüßung. »Haben Sie viel Spaß in der Seniorenresidenz?«

Sie schnaubte verächtlich: »Lauter alte Leute, die auf den Tod warten. Wo soll denn da der Spaß sein?«

Picos Vater erschrak: »Bereuen Sie etwa Ihre Entscheidung, Frau Sebereisen?«

»Nein, ganz und gar nicht. Ich habe mich schließlich aus freien Stücken dazu entschlossen, alt und hinfällig zu werden, sodass ich nicht mehr alleine wohnen kann«, sagte Frau Sebereisen. Das kann ja lustig werden, dachte Pico.

Der Rundgang durchs neu eingerichtete Haus verlief kurz. »Sehr nett«, sagte Frau Sebereisen immer wieder, wenn man ihr ein Zimmer zeigte, »sehr nett.« Es klang wie: »Grauenhaft. Aber mir ist das egal. Wie man weiß, sterbe ich ja ohnehin bald.« Dann wieder sagte sie: »Schade, dass Sie den Schrank weggeben haben – mein Fritz hatte solche Mühe damit, ihn zu zusammenzubauen.« Oder: »Schade, dass hier keine Teppiche mehr liegen. Mein Fritz hat Teppiche geliebt.« Oder: »Schade, dass Ihnen die kleine Flamenco-Tänzerin nicht gefallen hat. Mein Fritz und ich haben sie aus Mallorca mitgebracht. Das war so eine entzückende Figur! Diese Spitzenvolants! Und der klitzekleine Fächer! Wirklich sehr schade darum.«

Als es hinaus auf die Terrasse ging, blieb sie wie angewurzelt stehen. »Was ist das?«, fragte sie. »Was ist denn hier passiert?«

Im ersten Moment wusste niemand, was sie meinte, dann verstand Picos Vater, dass es um den neuen Terrassenzaun ging. »Den habe ich selbst gebaut«, sagte er stolz, »zu Mariechens Schutz. Damit sie nicht zum Wasser laufen und ertrinken kann.« Erschüttert, als hätte sie in ihrem langen Leben noch nie solchen Wahnsinn erlebt, öffnete und schloss Frau Sebereisen mehrmals die Terrassenzauntür.

Zum Glück möbelte sie der Kaffee ein wenig auf, und auch die aktuelle Experimentaltorte schien ihr zu schmecken. Picos Mutter hatte mit frischen Erdbeeren, Dosenpfirsichen und Erdnussbutter gearbeitet, eine Kombination, die nach Picos Ansicht nicht nur farblich herausfordernd war. Der selbstgemachte Holunderblütensaft wurde erstmals verkostet, Pico war mit dem Ergebnis hochzufrieden. Frau Sebereisen erzählte, dass sie sich im Altersheim-Schachturnier bis ins Viertelfinale hochgearbeitet hatte, und dass außer ihr nur noch Männer dabei waren, was sie besonders stolz zu machen schien. Sie fand, dass Pico glücklich und gesund aussah.

»Es gibt nichts Schöneres für Kinder als ein Leben in der Natur«, sagte sie überzeugt.

Pico verzog das Gesicht. »Das Einzige, was mich hier am Leben erhält, ist mein Handy, Frau Sebereisen«, sagte er.

»Er macht nur Spaß«, sagte Picos Mutter, »er spielt nie auf dem Handy.«

»Doch«, sagte Pico, »ich spiele, ich surfe, ich chatte.«

»Geht's noch Denglischer?«, fragte Picos Mutter.

»Ja«, sagte Pico, »ich game.«

»Dilli brrrr!«, warf Mariechen ein, was bedeutete, dass sie aus dem Kinderhochsitz befreit werden wollte. Picos Vater hob sie heraus und sie lief zum Terrassenzaun. Wie ein Schimpanse in seinem Käfig rüttelte sie an den Latten, interessiert beobachtet von Frau Sebereisen.

»Das Kind sehnt sich nach Freiheit«, erklärte diese. »Ich kann noch immer nicht verstehen, wieso Sie diesen Zaun gebaut haben. Man kommt sich vor wie in einem Tiergehege.«

»Sie wissen doch, Frau Sebereisen«, sagte Picos Mutter, »kleine Kinder können in einem kurzen unbeobachteten Moment zum Wasser laufen, und schon sind sie ertrunken. Wir wollen kein Risiko eingehen.«

Picos Vater sagte: »Wir versuchen natürlich, sie immer im Auge zu behalten. Aber irgendwann einmal ist man dann abgelenkt, und schon ist es passiert.«

Frau Sebereisen schüttelte nachdenklich den Kopf. »Früher hat man halt einfach mehr geredet mit den Kindern. Man hat gesagt: Du gehst auf keinen Fall zum Wasser, hast du verstanden? Beziehungsweise, natürlich durften die Kinder zum Wasser gehen. Man hat gesagt: Du gehst nur so weit hinein, wie du stehen kannst, ist das klar? So hat man das gemacht.« Frau Sebereisen tupfte sich die Lippen mit der Serviette ab. Ein blasslila Lippenstiftrand blieb darauf zurück.

Pico wusste, dass Mariechen die Aufmerksamkeitsspanne einer Eintagsfliege besaß. Sagte man zu ihr: Greif das Messer nicht an!, merkte sie sich das etwa zwei Sekunden lang. Besser also, scharfe Gegenstände aus ihrer Reichweite zu entfernen. Und den einen oder anderen Zaun zu bauen.

Picos Eltern schwiegen. Wussten sie etwa doch etwas von Frau Sebereisens Sohn und dessen tödlichen Unfall? War es etwa das, was passiert war – Frau Sebereisen hatte ihren Sohn hier im Garten spielen lassen, er war ins Wasser gefallen und ertrunken? Spukte hier am Ende der Geist eines kleinen Buben herum? Oder wussten die Eltern nichts und Pico musste ihnen zu Hilfe kommen?

»Frau Sebereisen«, sagte Pico vorsichtig, »Sie hatten doch auch mal einen Sohn, oder?« Am verwunderten Blick seiner Eltern erkannte er, dass sie noch nie von einem Sohn gehört hatten.

»Wer hat dir denn sowas erzählt, Pico?«, fragte Frau Sebereisen, ebenfalls sehr vorsichtig.

»David. Der Biologe.«

»Soso. Ein Biologe also. Und woher kennst du den?«

»Vom Lackelwasser. Ich meine, vom Boot«, stotterte Pico. »Ich bin mit dem Boot rausgefahren und dann habe ich mich hingelegt und bin dahingetrieben. Und dann ist mein Boot an seines gestoßen.«

»Du hast dich mit einem fremden Mann unterhalten?«, fragte Picos Vater.

»Ja, aber nur ganz kurz. Er arbeitet für die Stadt Wien. Für irgendeine Umweltschutzabteilung oder sowas.«

»Hat er sich ausgewiesen?«, fragte Picos Mutter.

»Natürlich hat er sich nicht ausgewiesen. Er war auf einem Boot. Er hatte sein Reisetäschchen nicht dabei«, sagte Pico. Das Gespräch schien in eine völlig falsche Richtung zu gehen.

»Und wenn jemand zu dir sagt: Ich bin Biologe, ich habe ein total süßes ... Fuchsbaby in meinem Auto – gehst du dann mit ihm mit?«, fragte Picos Mutter.

»Ich bin doch nicht mehr fünf«, rief Pico empört, »ihr seid ja völlig paranoid.« Aber er war sich plötzlich selbst nicht mehr sicher, ob David wirklich David hieß, und ob er Biologe war. »Aber er hat Frau Sebereisen gekannt. Und er hat gesagt, dass sie einen Sohn hatte, der durch einen schrecklichen Unfall ums Leben gekommen ist.«

»Ich hatte nie einen Sohn«, sagte Frau Sebereisen, »lass dir keinen Bären aufbinden, Pico.«

KAPITEL NEUN

luc hat meiner Ma ein goldenes armband geschenkt

Romantik pur xD

ich hoffe er vergisst nicht, sich auch meine Gunst zu erkaufen! :p

so ein richtig geiles bike könnte ich brauchen

nimm das, papi!!! muahhahaha!!!!

Pico steckte das Handy wieder in die Tasche seiner Shorts, ohne zu antworten. Das war einfach zu viel. So sehr er es Batman vergönnte, dass sich nach all dem Mist mit seinem Vater die Dinge in Südfrankreich erfolgversprechend entwickelten, war die Themenwahl doch sehr unsensibel. Pico stand nämlich gerade vor dem Windfang und machte sich daran, sein Fahrrad aufzupumpen. Er hatte noch nie zuvor einen Fahrradreifen aufgepumpt, da er im normalen Leben in das Sportgeschäft zwei Häuser weiter ging, wo sein Rad von professionellen Fahrradexperten mit professionellem Gerät aufgepumpt wurde. Picos Vater hatte im Schuppen eine rostige alte Pumpe gefunden, die er Pico mit den nostalgischen Worten überreichte: »Die erinnert mich total an meine Kindheit, da hatte ich auch so eine!«

Pico musste sich hinhocken, in den Dreck greifen, schwitzen. Die Pumpe fiel immer wieder vom Ventil ab, der Reifen schien sich nicht wirklich zu füllen.

»Hi!«, sagte plötzlich eine bekannte Stimme. Pico sprang auf. Neben ihm stand Juanita. Sie trug ein weißes Kleid mit roten Blumen darauf, an den Füßen Flip-Flops. Er konnte es kaum glauben, dass er sie über die knirschende Schotterstraße nicht kommen gehört hatte.

»Eine sehr veraltete Technologie«, sagte sie und deutete auf die Fahrradpumpe.

»Das kann man wohl sagen,« stimmte Pico zu.

»Mein Opa hat in der Garage eine vernünftige Pumpe. Wenn du willst, kannst du sie dir ausborgen.«

»Okay. Danke. Super.« Pico wusste nicht, ob sie »jetzt gleich« meinte oder »irgendwann«.

»Ich gehe ein wenig spazieren«, sagte Juanita. »Lust mitzukommen?«

Pico hatte noch nie einen Menschen unter vierzig Jahren getroffen, der allen Ernstes »spazieren« ging. »Okay«, sagte er und ließ Pumpe und Fahrrad fallen.

Sie folgten der Schotterstraße in die Richtung, die vom Haus der Tabakoffs weg- und in die Auwildnis hineinführte. Schließlich bog Juanita in einen Feldweg ein, der zwischen dem hohen, blühenden Gras kaum zu sehen war.

»Heute kein Lernprogramm?«, fragte Pico.

»Bin schon fertig. Ich habe meiner Großmutter erfolgreich vorgetäuscht, dass ich Trapezinhalte berechnen kann.«

»Wie hast du das gemacht?«

»Hab die Lösung heimlich im Lösungsheft nachgesehen, das meine Oma in einer Lade verwahrt. Sie glaubt, ich wüsste nicht, wo es ist. Dann habe ich vor ihren Augen einen fiktiven Rechengang hingelegt, den sie sowieso nicht nachvollziehen kann. Sie hat nur das Ergebnis mit dem im Lösungsheft verglichen und war sehr beeindruckt.«

»Ganz schön viel Aufwand für eine Täuschung. Warum lernst du es nicht gleich richtig?«, fragte Pico.

»OMG!«, rief Juanita, »meine Mutter hat ihren Körper verlassen und ist in den eines dreizehnjährigen Jungen hineingefahren, um mich zu überwachen!« Wie vom Hirschkäfer gezwickt rannte sie davon.

Pico versuchte sie einzuholen. »Sorry!«, schrie er, »es ist mir unbegreiflich, wie ich so etwas sagen konnte! Ich war nicht ich selbst!«

»Geh weg, Mama!«, schrie Juanita ohne ihr Tempo zu verringern, »geh zurück nach Fuerteventura!« Ihre Flip-Flops schlappten gegen ihre Fersen: schlipp-schlapp, schlipp-schlapp machten sie. Erstaunlich, dass sie mit den Dingern so schnell sein konnte.

»Bleib stehen!«, rief Pico.

»Niemals, Dämon!«, schrie Juanita mit hocherhobenen Armen wie ein vor schrecklichen Poltergeistern flüchtendes Mädchen in einem Horrorfilm. Dann hatte sie der Wald verschluckt. Keuchend trat Pico unter das hohe Dach der Bäume. Es war still. Es war kühl. Es war unheimlich. Auf einem Sonnenstreifen saß ein brauner Schmetterling mit auffallenden, hell umrandeten Augenflecken. Von Juanita war nichts zu sehen. Von ihren Flip-Flops nichts zu hören.

Pico ging tiefer in den Wald hinein. Unter seinen Sandalen knackste es. Hatte er etwa eine Schnirkelschnecke zertreten? Es hatte in der Nacht geregnet und aus geheimen Verstecken waren überall Schnirkelschnecken und Weinbergschnecken und Schwarze Schnegel hervorgekommen. Nein, zum Glück war es nur ein trockenes Zweiglein gewesen.

»Juanita!«, rief er. »Juanita?« Er fühlte sich vollkommen allein. Und gleichzeitig beobachtet. Als würde hinter jedem Baum, in jedem Vorhang aus Rank- und Schlingpflanzen ein Paar Augen lauern. Als wartete jemand – oder etwas – geduldig darauf, dass er im Kreis lief, stolperte, die Nerven verlor.

Er beschloss, auf die Suche nach den Augen zu gehen, und schlug sich tiefer ins Gebüsch. Er sah hinter jeden Baum, der dick genug war, einen Menschen zu verbergen.

Er kämpfte sich durch Lianen und Dornen. Der Boden war löchrig und stellenweise sumpfig. Unter seinen Füßen knackste, schmatzte und raschelte es bei jedem Schritt. Wie hatte Juanita hier nur lautlos verschwinden können? Und hatte sie sich ihm nicht auch lautlos auf der Schotterstraße genähert? Wo war das Schlipp-schlapp ihrer Flip-Flops geblieben? Wahrscheinlich war sie ein Vampir, der bei Bedarf zu schweben begann. Gerade, als er schon in den Baumkronen nach ihr suchen wollte, sah er plötzlich in einem Wasserfall aus grünen und goldenen Lichtflecken das weiße Kleid mit den roten Blumen darauf. Juanita saß auf einem umgestürzten Baumstamm und starrte angestrengt in einen Teich, der als solcher auf den ersten Blick gar nicht erkennbar war, da er über und über mit leuchtend grünen Wasserlinsen bedeckt war. Von weitem hätte man ihn für ein perfekt ebenes Stück Golfrasen halten können.

Als Pico neben Juanita trat, zog sie ihn zu sich herab und flüsterte: »Pst! Schau, da vorne!« Picos Blick folgte ihrem ausgestreckten Zeigefinger. Durch die Millionen von grünen Blättchen schwamm lautlos eine Schlange. Ihr Rücken war von ihnen bedeckt wie von grünen Schuppen, nur der Kopf, den sie etwas höher hielt, war frei.

»Das ist eine Ringelnatter«, flüsterte Juanita, »man erkennt sie an den hellgelben Halbmonden am Hinterkopf. Von der Seite schauen sie wie Kiemen aus.« Die Schlange verschwand in einem Dickicht aus abgestorbenen Zweigen, die aus dem Wasser aufragten.

Pico setzte sich ebenfalls auf den Baumstamm. »Du kennst dich ja ziemlich gut aus für jemanden, der seine Bildungschancen nicht wahrnehmen will«, flüsterte er.

»Du brauchst jetzt nicht mehr zu flüstern«, sagte Juanita. »Sie ist weg.«

»Ringelnatter, ja?«

»Ja. Bio ist das einzige Fach, in dem ich gut bin. Keine Ahnung, wieso.«

»Und BE?«

»Katastrophe.«

»Turnen?«

»Schon mal einen Stufenbarren gesehen?«

»Was ist mit Musik?«

»Noten finde ich fast noch schlimmer als Zahlen.«

»Man muss das entspannt sehen«, meinte Pico. »Mein Vater war auch schlecht in der Schule, ist sogar mal sitzengeblieben. Und jetzt ist er Universitätsprofessor.«

»Ich würde das ja entspannt sehen«, seufzte Juanita. »Aber meine Mutter sieht das nicht entspannt. Jedes Mal, wenn ich einen Fünfer kriege, heult sie und isst nichts mehr. Kannst du dir vorstellen, wie dünn sie schon ist?«

»Wollte sie dich wirklich in ein Heim stecken?«

»Davon war ein paar Mal die Rede, ja. Weil sie an mir gescheitert ist und so. Und weil ich sonst in der Gosse ende, wenn nicht Experten Tag und Nacht an mir arbeiten. Aber ...«

»Aber was?«

»Einmal hab ich sie dann angeschrien. Wir schreien sehr oft, wenn es um die Schule geht. Sie sagt, wir schreien, weil das meinem südamerikanischen Temperament entspricht. ›Aber du hast kein südamerikanisches Temperament!‹, schreie ich dann. Jedenfalls, als sie wieder einmal mit der Heimsache daherkam, hab ich geschrien: ›Und du regst dich über Leute auf, die sich ein Haustier nehmen und es dann im Tierheim abgeben, wenn sie seiner überdrüssig sind! Und selber holst du dir ein Kind aus Kolumbien, und wenn es nicht passt, gibst du es einfach in ein Heim!‹ Naja, da hat sie sich dann bei mir entschuldigt. Seither ist das Heimthema vom Tisch.«

»Krass«, sagte Pico. »Wenn du willst, überrede ich meine Eltern, dich zu adoptieren.« Juanita holte aus und schlug ihm mit einem festen Klatsch auf den Unterarm.

»Aua!«, schrie Pico, »es war doch nur ein nettes Angebot!« Juanita zog die Hand weg. Auf Picos Arm blieben eine zerquetschte Gelse und ein Blutfleck zurück.

»Ich weiß nicht«, sagte Juanita, »wenn wir Geschwister sind, ist der ganze Zauber zwischen uns verloren.«

»Stimmt. Ich bekomme traditionell immer das beste Zimmer und das würdest du dann wollen und dann würden wir uns streiten ...«

»Außerdem: Meine Mutter hat auch ihre guten Seiten. Als ich sagte, dass ich ab sofort vegan bin, hat sie kein Theater gemacht. Sie ist jetzt selbst schon so gut wie vegan. Sehr zur Verzweiflung meiner Großeltern.«

»Du bist vegan?«, fragte Pico. Plötzlich dämmerte es ihm. »Heißt das, du hast deshalb keinen Gugelhupf bekommen?«

»Ja natürlich, der war gekauft. Wahrscheinlich mit elendem Flüssigei von armen rumänischen Käfighühnern drin. Meine Oma weiß genau, dass ich sowas nicht esse. Sie kämpft noch damit. Aber meine Mutter hat mit mir gar nicht lang diskutiert. Sie findet es gut. Sie kann wirklich sehr cool sein. Stell dir vor, als ich sagte, ich will Babykatzen, bekam ich einen Kater und eine Kätzin und die warf dann Babykatzen. Und als ich sagte, ich will nochmal Babykatzen, hat meine Mutter noch einen Wurf erlaubt. Leider ist der Spaß jetzt vorbei, in unserem Bekanntenkreis gibt es niemanden mehr, der noch Katzen übernehmen würde. Die beiden großen sind jetzt kastriert.«

»Und wo sind die?«

»In unserer Wohnung in der Stadt. Die Nachbarn kümmern sich um sie. Ich hätte sie ja gerne mitgenommen, damit sie ein bisschen Auluft schnuppern können, aber meine Großeltern sind keine großen Tierfreunde.«

»Wie heißen sie?«

»Wolfgang und Karin.«

»Deine Katzen heißen Wolfgang und Karin?«

»Ach so, ich dachte, du meinst meine Großeltern. Die Katzen heißen Strawberry und Cucumber. Die Idee meiner Mutter war, dass ich mir diese beiden Vokabeln dann endlich merken würde. Es hat funktioniert. Strawberry – Erdbeere, Cucumber – Gurke. Ich habe meiner Mutter gesagt, dass ich eine große Zukunft für meine Englischleistungen sehe, wenn sie für jedes Vokabel ein eigenes Haustier anschafft.«

Pico lachte. »Ich habe den Hirschkäfer, der mich gebissen hat, Franz Joseph genannt.«

»Bevor oder nachdem er dich gezwickt hat?«

»Davor.«

»Und dann wunderst du dich, dass er aggressiv wird«, sagte Juanita. Sie war aufgestanden, offenbar ging es weiter. Sie führte Pico nun mitten in ein verfilztes Dickicht hinein, in dem sie schmalste Durchgänge fand. Er wusste es zu schätzen, dass sie die Zweige gewissenhaft festhielt, bis er vorbeigegangen war, damit sie ihm nicht ins Gesicht schnalzten. Nach einer Weile hatte er jede Orientierung verloren. Wahrscheinlich hätte er sehr lange gebraucht, hier wieder herauszufinden. Juanita aber schien genau zu wissen, wohin sie ging.

»Du kennst dich ja ziemlich gut aus in der Au«, sagte Pico.

»Ich komme hierher, seit ich sechs bin. Da kennt man jedes Grasbüschel persönlich«, sagte Juanita.

»Für mich sieht alles gleich aus in diesem Dschungel.«

»Das ist kein Dschungel. In Kolumbien hatten wir einen richtigen Dschungel.«

»Kannst du dich noch an alles genau erinnern?«, fragte Pico.

»An einiges«, sagte Juanita. »Ich hatte ein kleines Schweinchen als Haustier. Meine Pflegemutter hatte es eigentlich schlachten wollen, aber ich habe so lange geweint, bis sie es mir ließ.«

»Warte mal«, sagte Pico, »bist du wegen deinem Schweinchen vegan?«

»Natürlich«, sagte Juanita. »Es war mein Baby. Man isst sein Baby nicht. Aber wahrscheinlich haben sie es schon lange aufgegessen. So reich war meine Pflegemutter ja nicht. Für sie war das Schweinchen halt Essen auf dem Tisch.«

»Und was war mit deiner leiblichen Mutter?«

»An die kann ich mich nicht erinnern. Sie hat mich schon ein paar Wochen nach meiner Geburt abgegeben. Meine Pflegemutter war meine erste richtige Mutter. Ich vermisse sie noch immer manchmal. Ich war ja von klein auf bei ihr. Meine Geschwister vermisse ich auch, ich hatte elf Schwestern und Brüder, das war schön. Manche waren Pflegekinder, manche leibliche Kinder, aber wir wurden alle gleich behandelt. Ich wollte auf gar keinen Fall weg. Aber die Behörden dachten wohl, es würde mir in Europa besser gehen. Du weißt schon, Bildungschancen und so. Das Komische ist, dass ich mein Spanisch vollkommen vergessen habe. Ich könnte keinen einzigen Satz mehr zustande bringen. Alles weg. Ausgelöscht. Stell dir vor, sogar den Namen meines Schweinchens habe ich vergessen! Es muss Chica oder Benita oder sowas gewesen sein, irgendein spanischer Name. Jeden Tag versuche ich mich zu erinnern, er fällt mir einfach nicht mehr ein, obwohl ich schon sechs war, als ich ihn zuletzt ausgesprochen hab. Aber das Schweinchen werde ich nie vergessen. Niemals.«

Juanita rannte in einem Affentempo voran, Pico brauchte eine Pause. Unter Spazierengehen verstand sie offenbar eine Art Expedition im Dauerlauf. Um sie abzubremsen sagte Pico: »Kleiner Test. Was ist das hier für ein Baum?« Er deutete auf den nächststehenden.

»Das ist doch einfach«, sagte sie, »silberner Stamm, silberne Blattunterseite. Silberpappel.«

»Klingt logisch.«

»Schau, wenn der Wind hineinfährt, flimmert es. Wie so eine Bildstörung. Weil die Blattunterseiten hochgeblasen werden.«

»Wow, das merk ich mir: Flimmerbaum ist gleich Silberpappel«, sagte Pico fasziniert. »Und was ist das für ein Kraut?« Er deutete auf einen der dichten Vorhänge aus Ranken und Blättern.

»Das da ist Waldrebe, die ist giftig, und das ist Hopfen, bekanntlich essbar. Oder trinkbar.«

»Sehr beeindruckend. Also Kochen und Bio, das ist dein Ding.«

»Scheint so. Jeder hat doch ein Ding. Was ist dein Ding?«, fragte Juanita.

Pico dachte nach. In der Schule war er überall ganz gut, ohne irgendwo herausragend zu sein. Sein Lieblingsfach war Geografie, aber das lag daran, dass er den Lehrer mochte, nicht etwa, weil er sich für die Schafzucht in Neuseeland

oder den tertiären Sektor in Singapur interessierte. Er mochte Mario Kart und einfache Computerspiele, bei denen man über Hindernisse hüpfen und Monster abschießen musste. Aber auch in komplizierteren Spielen mit Schlachten, Drachen und Zauberduellen hatte er es zu einer gewissen Meisterschaft gebracht. Zu Hause in der Stadt hatte er nach den Hausaufgaben oft online mit seinen Freunden gespielt. Wie sollte er ohne Internet nur in Form bleiben? Sein aktuelles Lieblingsspiel am Handy erforderte es, die Menschheit möglichst effizient mittels einer tödlichen Seuche auszulöschen. Auch Sport mochte er natürlich. Fußball, Tischtennis, Schwimmen, Inlineskaten, Gokart fahren – alles machte er leidlich gut und ganz gern. Aber er hatte kein Ding.

»Ich habe kein Ding«, sagte Pico.

»Dann hast du es noch nicht gefunden«, erklärte Juanita.

»Man kann auch ohne Ding sehr gut leben. Ich bin eben vielseitig.«

Endlich traten sie aus dem Wald auf eine große freie Fläche hinaus. Es war so etwas wie ein umgekehrtes Getreidefeld. Am Rand standen die Weizenhalme, in der Mitte das Unkraut. Das Unkraut bestand zum überwiegenden Teil aus hohen Disteln, die pelzige Samenbäusche absonderten. Fuhr der Wind auch nur ganz leicht hinein, schwebten die weißen Bälle auf, trieben dahin und schaukelten ganz langsam wieder herab. Vor dem Hintergrund des dunklen Waldsaumes war das Schauspiel besonders gut zu sehen. Es wirkte, als würden unzählige Elfen in langen weißen Röcken durch die Luft schweben.

»Wunderschön«, sagte Pico.

»Kein Spaß für Allergiker«, sagte Juanita.

»Sind das Disteln?«

»Ich glaube, es sind Ackerkratzdisteln. Sicher bin ich aber nicht. Ich muss mal bei Gelegenheit ... jemanden fragen.«

»Wen fragen?«

»Keine Ahnung, irgendjemanden. Vor ein paar Jahren war hier noch ein Weizenfeld. Man hat es der Au zurückgeschenkt. Die Disteln haben ihre Chance erkannt.« Nach einer Weile fügte sie hinzu: »Die Samen werden aufgestöbert, sie sinken, dann kommt ein neuer Windstoß und treibt sie wieder in eine andere Richtung. Aber irgendwann kommen sie auf dem Boden auf und schlagen Wurzeln.« Pico hatte ein wenig das Gefühl, dass Juanita von sich selber sprach.

Auf dem Heimweg kam ihnen auf der Schotterstraße jemand entgegen. Es war so heiß, dass die Luft flimmerte und Pico die Möglichkeit nicht ausschloss, dass es sich um eine Luftspiegelung handelte. Die Gestalt trat aber nach und nach aus dem Verschwommenen hinaus, und plötzlich erkannte Pico in ihr David, den Biologen. Zielstrebig ging er auf sie zu, sodass Pico damit rechnete, dass er etwas von ihnen wollte. Doch dann, als David nur mehr wenige Meter entfernt war, warf er ihnen nur einen kurzen Blick zu und sagte: »Hallo.«

»Hallo«, sagte Pico.

»Hallo«, sagte Juanita. Dann war der Biologe vorübergegangen. In dem kurzen Moment der Begegnung hatte Pico etwas gesehen, das er nicht einordnen konnte. Davids Blick war erst auf ihn gefallen, dann auf Juanita, und sie hatte den Blick einen Wimpernschlag lang erwidert, aber auffällig schnell wieder weggesehen. Als würden die beiden einander kennen. Was sie aber seltsamerweise vor Pico verbergen wollten.

»Kennst du den?«, fragte Pico.

»Ne«, sagte Juanita, riss einen Grashalm ab und zerrupfte ihn. »Hör mal, Pico« – sie sah auf die Uhr wie ein gestresster Manager – »ich muss los. Ich hab ganz vergessen, dass ich meiner Oma bei der Gemüselasagne assistieren muss. Wenn ich sie nicht überwache, macht sie die Bechamel mit Butter und Kuhmilch statt mit Margarine und Pflanzenmilch. Oder sie bröselt einen Rindssuppenwürfel in die Tomatensoße, das muss unbedingt verhindert werden. Wir sehen uns. Ciao!« Sie zog ihre Flip-Flops von den Füßen, nahm einen in jede Hand und lief davon. Sie federte über die spitzen Steine, als wäre es ein Samtteppich. Man hörte keinen einzigen Schritt.

KAPITEL ZEHN

»Kommt alle her!«, rief Picos Vater. »Ich habe eine Überraschung für euch!« Durch das dichte Unterholz hindurch
sah Pico ihn aufgeregt auf der Terrasse hin und her laufen.
Gerade erst hatte Pico sich durch dorniges Gebüsch gearbeitet, um endlich das zu tun, was Herr Tabakoff bei ihrer
ersten Begegnung empfohlen hatte: »den Uferbereich auf
dem Grundstück untersuchen.« Noch immer hatte er keinen einzigen Biber zu Gesicht bekommen, nun wollte er
wissen, ob sie wenigstens ihre gefürchteten Spuren hinter-
lassen hatten. Es war nicht ganz einfach, große Teile des
Ufers waren vollkommen zugewuchert. Vom Wasser aus
sah man tatsächlich viele Bäume, die aus welchen Gründen
auch immer umgestürzt waren und nun ein dichtes Gitter
aus Totholz bildeten. Aber waren sie von Bibern gefällt worden oder einfach von dem einen oder anderen Sturm?

»Schatz, wo bist du? Pico! Jetzt kommt endlich, ihr müsst
euch das ansehen!«, rief Picos Vater. Pico seufzte. Also wieder raus aus dem »Uferbereich«. Wehe, wenn es nichts wirklich Spannendes gab. Durch Lianen, Brombeergestachel und

Brennnesseln kämpfte er sich heraus. Auf der Terrasse waren mittlerweile auch Picos Mutter und Mariechen eingetroffen.

»Was ist denn los?«, fragten Pico und seine Mutter gleichzeitig.

»Kommt mit zum Auto! Ihr werdet staunen!«, sagte Picos Vater und zappelte richtiggehend vor Aufregung. Sie gingen durch das Haus und den Windfang hinaus auf die Schotterstraße, die in einer pappelgesäumten Schleife von der Hauptschotterstraße abzweigte und gewissermaßen die »Einfahrt« bildete. Dort standen der VW Golf von Picos Mutter und der VW Kombi von Picos Vater. Sie gingen zu letzterem und versuchten durch die getönten Scheiben zu sehen, was sich hinten im Laderaum befand.

Picos Vater öffnete die Heckklappe. Man hörte leise klickende Laute, die wie »Gotock, Gotock« klangen. Im Auto war ein Käfig. Im Käfig waren zwei Fasane. Mit orangegelben Knopfäuglein guckten sie seelenruhig heraus. »Gotock, Gotock, Krrrt«, machten sie und schoben die Köpfe vor und zurück. Sie hatten einen Gesichtsausdruck, als hätten sie sich gerade verschluckt.

»Oh nein«, sagte Picos Mutter, »nein nein nein nein nein.« Dabei wedelte sie mit dem erhobenen Zeigefinger hin und her wie die Braut eines Gangsta Rappers. »Ich werde die nicht schlachten. Und du wirst sie auch nicht schlachten. Niemand wird hier irgendwas schlachten. Wenn du Fasan willst, hol ihn dir bitte geköpft, gerupft, zerteilt und abgehangen vom Naschmarkt.« Damit wollte sie abmarschieren, doch Picos Vater hielt sie auf.

»Aber nein!«, rief er, »ich will sie doch nicht schlachten! Ich hab mir gedacht, sie könnten bei uns im Garten ... den Rasen verzieren!«

»Zwei Fragen«, mischte sich Pico ein, »erstens: Rasen? Zweitens: verzieren???«

»Ja«, erklärte Picos Vater, »so wie Pfaue!«

»Aber es sind keine Pfaue«, sagte Picos Mutter, »obwohl ...« Sie schaute etwas genauer in den Kofferraum hinein: »... obwohl sie auch ganz hübsch sind. Männchen, oder?« Es waren Männchen. Hähne. Sie hatten knallrote Gesichter, blau- und grünschimmernde Hälse und lange, zart gestreifte Schwanzfedern.

»Wo hast du die überhaupt her?«, fragte Picos Mutter.

»Amgorra«, sagte Mariechen und deutete auf die beiden Vögel.

»Fa-san, Mariechen, Fa-san«, sagte Picos Vater ebenso routiniert wie resigniert. Dann erzählte er, dass er die Tiere von Robert hatte, einem Kollegen an der Uni, ebenfalls Professor, der in seiner Freizeit dem Jagdsport nachging. Die Fasane stammten von einer Farm, wo sie gezüchtet wurden, um dann auf burgenländischen Brachflächen ausgesetzt und abgeschossen zu werden. Man scheuche sie ein wenig auf, treibe sie durcheinander, und schon bilde man sich ein, ein »echtes« Jagderlebnis zu haben, erklärte Picos Vater. Obwohl er grundsätzlich gerne ein Stück Rehrücken oder ein paar Wildschweinmedaillons von seinem Freund Robert annehme, halte er diese spezielle Jagdform für absurd. Genauso gut könne man Kühe auf der Weide abknallen, sagte er. Diese beiden Fasane jedoch seien so unglaublich zahm gewesen, dass sogar die Jäger fanden, dass man sie unmöglich waidgerecht erlegen könne.

»Was bitte ist waidgerecht erlegen?«, fragte Pico.

»Waidgerecht heißt«, erklärte Picos Vater, »dass die Tiere wenigstens ein bisschen flüchten müssen, bevor man sie tötet. Sonst wäre das unsportlich.«

»Das heißt, sie bekommen eine faire Chance?«, fragte Pico.

»Naja, sie bekommen eher eine symbolische Chance«, antwortete sein Vater. »Von den ausgesetzten Fasanen kommen wohl nicht viele mit dem Leben davon.« Die beiden Fasane im Kofferraum jedenfalls seien selbst für eine symbolische Flucht ungeeignet gewesen. Vollkommen zahm. Gingen auf Menschen zu. Fraßen aus der Hand. Da man sie nicht jagen konnte, überlegte man, sie einfach schlachten zu lassen. Doch als Picos Vater von der Geschichte hörte, hatte er plötzlich dieses Bild vor Augen: die Terrasse, der Garten und zwei zahme Fasane, die dort auf und ab schritten. Sie waren einmal mit dem Leben davon gekommen, sollte man es ihnen nicht endgültig schenken?

»Sie werden defäkieren«, sagte Picos Mutter. Pico wusste, dass »defäkieren« ein besonders kultiviertes Wort für »kacken« war. Seine Eltern hatten stets Wert darauf gelegt, vor ihren Kindern nur das untadeligste Vokabular zu verwenden. Allerdings hatten sie feststellen müssen, dass andere Familien in dieser Hinsicht wohl weniger Sorgfalt walten ließen. So hatte Pico, bis er in den Kindergarten kam, kein einziges Schimpfwort gekannt. Nach knapp einer Woche regelmäßigen Kindergartenbesuchs jedoch war es zu folgendem Dialog gekommen:

Der kleine Pico: »Was gibt's heute zu essen?«

Picos Mutter: »Topfenpalatschinken.«

Der kleine Pico: »Verdammter Scheißdreck!« Von diesem Tag an hatte Pico lernen müssen, dass er nicht alle Worte, die er im Kindergarten hörte, auch zu Hause verwenden durfte.

»Sie werden auch nicht mehr defäkieren als die Enten und Amseln und was da sonst noch alles herumfliegt«, argumentierte Picos Vater nun.

»Und was, wenn sie einfach abhauen?«, fragte Picos Mutter.

»Dann sind sie eben in Freiheit. Es gibt ja genug Wiesen und Wälder rundherum, wo sie glücklich werden können. Aber sie werden nicht abhauen, sie sind ja Menschenfreunde. Außerdem werden wir sie füttern.«

Picos Mutter seufzte: »Na meinetwegen.«

Pico und sein Vater holten vorsichtig den Käfig aus dem Wagen und trugen ihn in den Garten. Als Pico die Käfigtüre öffnen wollte, hielt ihn sein Vater auf: »Warte! Erst brauchen wir Futter. Haben wir Sonnenblumenkerne?«

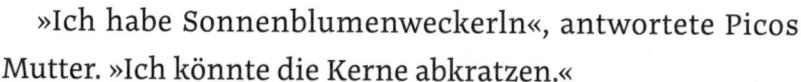

»Ich habe Sonnenblumenweckerln«, antwortete Picos
Mutter. »Ich könnte die Kerne abkratzen.«

»Wir geben ihnen einfach das ganze Weckerl. Das mögen
sie bestimmt«, sagte Picos Vater und holte aus der Küche
einen Suppenteller und ein Weckerl. Er pflückte es in kleine
Stücke, legte sie auf den Teller und stellte den Teller neben
den Käfig.

»Jetzt!«, sagte er. Pico öffnete die Türe. Die Fasane schienen nicht ganz zu begreifen, dass sie frei waren, denn sie
rührten sich nicht.

»Put put put!«, lockte Picos Mutter. Pico kippte den Käfig
ein wenig, doch die Fasane klammerten sich mit ihren
Krallen an den Drahtmaschen fest.

»Geduld!«, sagte Picos Vater. »Wir müssen warten. Alle
einen Schritt zurücktreten.« Sie gehorchten, und nach einigen Minuten des Kopfruckelns kamen die Fasane vorsichtig heraus. Sie machten tatsächlich keinerlei Anstalten zu
flüchten, sondern blieben einfach stehen. Dabei gaben sie
gackernde und gurrende Laute von sich, als würden sie ihre
neue Situation besprechen.

»Amgorra!«, sagte Mariechen freudig und streckte ihre
Hand aus. Pico zog sie zurück. »Pass auf, sonst hackt der
Amgorra noch nach dir.«

»Ich glaube nicht, dass die hacken«, sagte Picos Vater,
»das sind die reinsten Friedenstauben. Da, ihr Lieben!« Er
schob ihnen den Teller mit den Brotstücken hin, doch sie
schienen keinen Hunger zu haben.

Man beschloss, die Fasane für's Erste alleine zu lassen, und zog sich auf die Terrasse zurück. Die Vögel spazierten gemächlich auf der Wiese herum und es sah in der Tat höchst elegant aus, als blickte man auf die Parkanlage eines Schlosses.

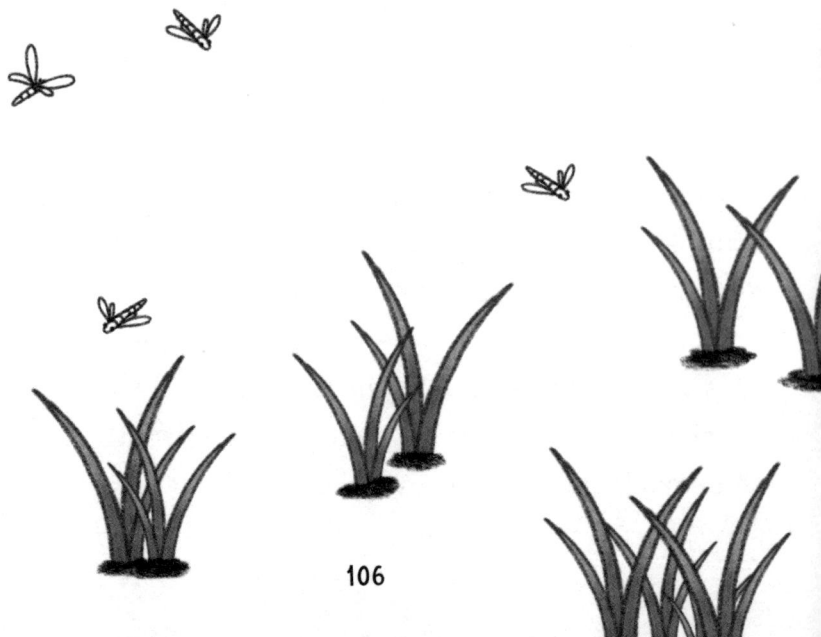

KAPITEL ELF

Jeden Tag zog Pico sich gleich nach dem Frühstück in seine Badebucht zurück und checkte sein Handy. Viele seiner Freunde waren von ihren Eltern in Camps geschickt worden. Elias war in einem Englisch-Camp:

> Den ganzen Tag labern diese Betreuungsheinis nur Englisch. Sie tun so, als würden sie uns nicht verstehen, wenn wir was auf Deutsch sagen. Gestern hat ein Mädchen einen Kreislaufzusammenbruch gehabt und gesagt: Mir ist schlecht, ich kann nicht aufstehen, ich kipp gleich um usw.

> Die Betreuungsheinis: Tell us in English, tell us in English!

> Dann ist sie umgekippt.

> Assholes, sag ich da nur

Auch Jakob hatte es schwer getroffen, er war in einem Mathe-Camp:

> also es gibt hier einen see + wälder +
> jede menge sportmöglichkeiten

> wieso sollte ich hier lieber lernen als zu hause??

> wieso???

> wieso????????????

Besonders beklagenswert war Michi. Er war in einem Abnehm-Camp:

> Ich und ein paar andere haben jetzt beschlossen,
> das wir ausbrechen werden, sobald unsere
> Gefängniswärter ins bett gegangen sind

> Wir werden uns bis Murau durchschlagen,
> dort ist der nächste Mäcki. Wenn wir nicht bald Cola
> und Fritten bekommen zuckt irgendwer aus

Nur Lara war glücklich, sie war in einem Husky-Camp:

> Ich hab meinen eigenen Husky bekommen,
> den ich versorgen muss ^^

Er ist soooo süüüüß!!!! :D

Er ist weiß und grau und hat einen schwarzen Fleck am rechten Aug *-*

soooo süüüüüß!!!! <333333

Die Kinder, die aus anderen Ländern stammten, fuhren dorthin auf Besuch. Ömer war bei seiner Familie in der Türkei, Abbas bei den Verwandten in Israel, Tadeusz in Polen, Zoran in Kroatien, Paveena in Thailand. Der Zufriedenheitspegel war hoch.

»Ich darf hier alles machen, was ich will, inklusive Auto fahren«, behauptete Ömer.

»Tel Aviv ist der Hammer«, schrieb Abbas.

»Ostseestrand und Pierogi von meiner Oma, das Paradies«, schrieb Tadeusz.

»Haus am Meer, was willst du mehr«, dichtete Zoran.

»Ich esse jeden Tag 30 Chilischoten! Pur!«, schrieb Paveena. Und fügte hinzu: »Das Beste an Thailand ist, dass es überall gut riecht.«

»Wonach?«, fragte Pico.

»Blumen und Räucherstäbchen«, lautete die Antwort.

Es gab die, die von Freud und Leid auf Pauschalreisen berichteten. Das gesamte Mittelmeer schien von Ost nach West von Picos Freunden und Mitschülern heimgesucht zu werden: die Türkei, Griechenland, Kroatien, Italien, Malta, Frankreich, Spanien.

»Mein Vater verlangt, dass ich ANSTÄNDIG ESSE. Und das soll Urlaub sein?«, schrieb Jonas.

»Heute d. ganz. gottverd. Tag auf Boot zum Delphin-Watching. Kein einz. gottverd. Delphin weit u. br.«, schrieb Eric.

»Will hier nie wieder weg. Essen, schlafen, schnorcheln, mehr brauch ich nicht im Leben«, schrieb Max.

Es gab zwei Arten von Wettbewerben. Entweder man hatte die besten Ferien aller Zeiten oder aber die furchtbarsten. Pico hatte das Gefühl, weder bei dem einen noch bei dem anderen wirklich mitmachen zu können. Fragte ihn jemand, wie es ihm gehe, schrieb er zurück: »Soso lala«, oder: »Passt schon«, oder: »Eh super.«

Batman schien selig zu sein:

> luc hat mit Gerald und mir eine mountainbiketour durch einen Kanyon gemacht

> wir waren über und über mit rotem Staub bedeckt

> ich liebe diesen mann! Wenn meine Ma ihn nicht heiratet, dann tue ich es xD

Pico wusste, dass es mit Batmans leiblichem Vater nicht so gut lief. Bei den Besuchswochenenden hatte er immer wieder versucht, seinem Sohn das Taschengeld abzuschwatzen. Als er einmal anregte: »Kannst du nicht was aus der Geldbörse deiner Mutter nehmen?«, vertraute das Batman dieser an. Das Ergebnis war, dass er seinen Vater nur mehr in einer betreuten Einrichtung sehen durfte. Eine Sozialarbeiterin passte auf, dass Batmans Vater, dessen Therapie wohl noch keine Wirkung zeigte, seinem Sohn kein Geld zum Verspielen abknöpfte. Batman schwankte zwischen Schuldgefühlen, da er sich wie ein Verräter vorkam, und unbändiger Wut auf seinen Vater, der sie beide in dieses Schlamassel hineingeritten hatte. Pico versuchte daher redlich, dem Freund sein neues Glück zu gönnen.

»Ich beneide dich«, schrieb er wahrheitsgemäß an Batman, »mein Vater pumpt mir nicht mal das Rad auf.«

Er war zwar nicht mehr ganz so sauer auf seine Eltern wie unmittelbar nach dem Hirschkäferangriff, dennoch stand die Rache an seinem Vater noch aus. Wegen der Gerechtigkeit hauptsächlich, immerhin hatte seine Mutter durch die nicht ganz freiwillige Holunderblütensirupherstellung bereits gebüßt. Er musste auch für seinen Vater etwas finden, was diesem Mühe einbrachte und Pico einen Vorteil. Einfach nur die Autoschlüssel verstecken kam daher nicht in Frage, denn abgesehen von ein bisschen Schadenfreude hätte Pico nichts davon gehabt. Vielleicht konnte er ihn doch dazu bringen, das Fahrrad aufzupumpen, etwa einfach, indem er ihn fragte? Aber war das dann ausreichend, um es als »Rache« zu bezeichnen?

Wenn, dann musste man es wiederholen. Picos Vater hatte es sich zur Regel gemacht, Pico zur Selbstständigkeit anzuhalten. »Das kannst du selbst!«, sagte er, oder: »Probier es doch!« Vielleicht konnte Pico sich das nun zunutze machen, indem er ständig um Hilfe bat, ob er sie nun brauchte oder nicht – nur, um seinen Vater in den Wahnsinn zu treiben.

KAPITEL ZWÖLF

Pico hatte das Gefühl, dass sich seine Fähigkeiten im Rudern bereits beträchtlich verbessert hatten. Keine Rede mehr davon, dass er zu klein für die Ruder war, sie schienen vielmehr perfekt mit seiner Größe zu harmonieren. Ja, so sperrig der alte Kahn und seine Ruder auch waren, man konnte sagen, dass sie mit Picos Körper regelrecht verwachsen schienen, sobald er sich hineinsetzte und mit den sachtesten Bewegungen über das Lackelwasser zu steuern begann. Wenn er am Nachbarsteg vorbeikam, saß dort zumeist Herr Tabakoff auf seinem Klappstuhl und hielt die Angel ins Wasser. Anfangs noch hatte Pico »Grüß Gott!« gerufen, was jedoch jedes Mal ignoriert wurde. Es schien, als sei Herr Tabakoff beim Angeln so tief in Gedanken versunken, dass er einfach nicht ansprechbar war. So tat schließlich auch Pico, als würde er ihn nicht sehen, und ruderte wortlos vorbei.

Eines Tages war nicht Herr Tabakoff auf seinem Steg, sondern Juanita saß dort auf einer Picknick-Decke, umgeben von Schulbüchern. Neben ihr saß ein älterer Junge mit aufwendig hochgefönter Frisur, die offenbar von sehr viel Haarspray in der nach rechts abstehenden Schräglage gehalten wurde. Er war vielleicht fünfzehn oder sechzehn Jahre alt und hielt ein Buch in der Hand. An seiner Seite lag ein großer, schokoladebrauner Labrador.

Schon von weitem hatte Pico durch das kirchenartige Hallen in der Au ihre Stimmen gehört. Am lautesten war Juanitas Lachen, es klang – Pico suchte nach einem Wort – »perlend«, das war es wohl. Die Stimme des Jungen war eine Nach-dem-Stimmbruch-Stimme. Die Art von Stimme, mit der Pico, der gerade mitten im Stimmbruch war, jeden Morgen aufzuwachen hoffte. Vorläufig vergeblich. Als er näher kam, konnte er das Gespräch mitverfolgen.

»Discover«, sagte der fremde Junge.

»Discover, discover«, sagte Juanita, die das Wort offenbar übersetzen sollte. »Ent- ... entgegnen?«

»Nein, nächster Versuch«, verlangte der Junge.

»Dis- ... wie war das nochmal?«

»Discover, um Gottes willen!«

Juanita lachte perlend. Pico hatte einmal in einer Fernsehsendung ein Experiment gesehen, das bewies, dass der IQ von erwachsenen Männern in der Gegenwart einer schönen Frau um einige Punkte sank. Offenbar war das auch bei jungen Mädchen in der Gegenwart von männlichen Fönfrisuren der Fall.

»Tschuldigung, discover, alles klar«, kicherte Juanita und warf ihr langes Haar über die Schulter. »Also ent- ... Es fängt doch mit ent- an, oder?«

»Ja, das ist korrekt«, sagte der Junge.

»Ent- ... ent- ... entziehen, entzweien, entsetzen ... wie war das Wort nochmal?«

»Welches?«

»Das englische ... ingover?«

»Discover! Oh bitte!«

»Okay, okay! Discover.« Juanita holte das Haar, das sie eben über die Schulter nach hinten geworfen hatte, wieder nach vorne und strich es glatt. Dann warf sie es wieder nach hinten. »Ne, weiß ich nicht.«

»Ent- ...«

»Entern?«

»Entdecken! Entdecken!« Der Junge knallte das Buch so fest auf den Steg, dass der dösende Hund aufschreckte. Juanita wand sich vor Lachen in kunstvollen Posen. Pico war mittlerweile sehr nahe an den Steg herangerudert, aber die beiden schienen ihn nicht zu bemerken.

»Hi, Juanita!«, rief er, um auf sich aufmerksam zu machen und um dem Fremden zu demonstrieren, dass er mit Juanita vertraut war.

»Hi Pico!«, sagte diese. Und zu dem fremden Jungen gewandt: »Das ist Pico.« Und in Picos Richtung: »Das ist Klemens. Er wohnt vier Stege weiter.«

»Aha«, sagte Pico, »hi!«

»Hi!«, sagte Klemens.

»Und das da ist Werner«, sagte Juanita und deutete auf den schokoladebraunen Hund. Klemens griff nach einem Ball und fuchtelte damit vor Werners Nase herum. »Schau Werner, Balli Balli!« Der Hund war sofort hellwach und schien von dem Spielzeug überaus gefesselt zu sein. Klemens holte weit aus und schleuderte den Ball ins Wasser. Der Hund setzte über die Schulbücher, dass Juanita aufkreischte, und hechtete mit einem Sprung über die Kante des Steges. Klatschend kam er auf, ging unter, schwamm dann zu dem Ball, nahm ihn ins Maul und schwamm wieder zurück. Als er feststellte, dass er den Steg nicht erklimmen konnte, deutete Klemens ans Ufer: »Dorthin, Werner, dorthin musst du!« Die Auffassungsgabe des Hundes war etwa so groß wie die Juanitas beim Vokabellernen. Unbeirrt und panisch winselnd versuchte er, an der Leiter des Steges hochzukommen.

»Er wird es nie kapieren«, seufzte Klemens, stand auf und ging zum Ufer, wo eine flache Kiesböschung den Ausstieg ermöglichte.

»Hierher, Werner, hierher!« Sofort paddelte der Hund ans Ufer, ließ aber den Ball ins Wasser fallen, bevor er an Land gegangen war.

»Bring den Ball, Himmelherrgott!«, fluchte Klemens. Der Hund schüttelte sich, um gleich darauf wieder ins Wasser zu laufen. Diesmal nahm er den Ball mit und legte ihn brav in die ausgestreckte Hand seines Herrchens.

»Feiner Junge, blöd, aber fein«, sagte Klemens und tätschelte ihm die Flanken. »Deswegen kann er auch nicht zur Jagd verwendet werden, sagt mein Vater. Wenn er einen abgeschossenen Vogel apportieren soll, würde er sich nur im Gelände verirren.«

»Dein Vater ist Jäger?«, fragte Pico interessiert.

»Hobbyjäger, meine Mutter auch. Aber ohne Hund!«, sagte Klemens.

»Werner kann aber auch sehr klug sein!«, sagte Juanita. »Er weiß, dass er nicht in Gärten pieseln darf, sonst würden ihn meine Großeltern gar nicht hierherlassen. Man sagt einfach: Kein Pipi! Es ist phänomenal!«

»Ja«, bestätigte Klemens, der mit dem nassen Hund auf die Picknickdecke zurückgekehrt war, »das mit dem Nicht-Pieseln kriegt er hin.«

Plötzlich war Schweigen eingetreten. Klemens und Juanita fingerten in ihren Haaren herum. Pico hantierte mit seinen Rudern, nicht wissend, ob er weiterfahren oder auf den Steg kommen sollte. Gerade, als er sich dachte, dass er wohl störte, wandte sich Klemens an ihn: »Von welchem Haus bist du denn?«

»Von dem bunten«, sagte Pico, »das komische aus Holz, viele Schnitzereien und so.«

»Ach das. Gehört das nicht dieser Alten, die ihren Sohn auf dem Gewissen hat?«, fragte Klemens beiläufig. Pico spürte, wie er eine Gänsehaut bekam. Das war eine neue Variante der Geschichte.

»Frau Sebereisen«, sagte er und erzählte die Geschichte von der Schenkung des Hauses an seine Mutter. Dann fragte er: »Was ist denn passiert mit ihrem Sohn?«

Klemens zuckte mit den Schultern. »Weiß nicht genau. Ist ewig her. Lange bevor wir auf die Welt gekommen sind. Der Kleine ist bei einem Unfall ums Leben gekommen, aber die Sebereisen war schuld. Das Jugendamt war da und so weiter. Sie ist sogar ins Gefängnis gekommen, glaube ich.«

»Ich fass es nicht«, erklärte Pico, »zu uns sagt sie, sie hätte nie einen Sohn gehabt.«

»Ich hab das auch gehört«, meinte Juanita, »dass da was passiert sein soll. Und dass die Sebereisen seither nur mehr selten in ihr Sommerhaus gekommen ist.«

Wieder grübelten sie eine Weile schweigend vor sich hin.

»Okay«, erklärte Klemens und nahm das Buch wieder zur Hand, »wir müssen weitermachen. Deine Großeltern bezahlen mich ja nicht fürs Rumsitzen.«

Bezahlen?, dachte Pico, man wurde also für das Lernen mit Juanita bezahlt? Vielleicht sollten seine Eltern das »Lernverbot« doch noch einmal überdenken.

»Okay, viel Spaß noch«, sagte er und wendete das Boot.

»Baba, Pico«, sagte Juanita.

»See you, Pico«, sagte Klemens. Im Wegrudern hörte Pico die Fortsetzung des unterbrochenen Gesprächs.

»Okay, was heißt ›destroy‹?«

»Destroy, destroy, destroy. Ent- ... wieder etwas mit ent-, stimmt's?«

»Nein, nicht mit ent-«

»Aber es fängt doch mit dis- an!«

»Es fängt nicht mit d-i-s an sondern mit d-e-s!«

»Aber man spricht es gleich aus!«

»Ja, so ist das nun mal. Jetzt übersetz es doch endlich.«

»Warte, warte, ich weiß es!«

»Ja bitte?«

»Entdecken! Destroy – entdecken! Ich bin so guuuut!« Juanita sprang auf und führte einen Freudentanz auf.

»Oh Gott nein!«, rief Klemens, warf sich der Länge nach hin und bohrte sein Gesicht in Werners Flanke. »Warum? Warum?«, jammerte er.

Juanita hielt inne: »Stimmt es etwa nicht?«

»Nein, es stimmt nicht! Discover – entdecken, destroy – zerstören. Das kann doch nicht so schwer sein!«

»Zerdecken, entstören, zerdecken, entstören ...«

»Weißt du, was ich nicht verstehe?«, fragte Klemens. »Als du nach Österreich gekommen bist, vor sieben Jahren, da hast du doch nur Spanisch gesprochen?«

»Ja, und?«

»Wie lange hast du gebraucht, um Deutsch zu lernen?«

»Drei Monate für die Grundbegriffe, ein halbes Jahr für die Feinheiten«, erklärte Juanita.

»Siehst du?«, sagte Klemens. »Du kannst es ja! Du hast schon mal eine neue Sprache komplett gelernt! Wieso kannst du nicht nach demselben Prinzip wenigstens ein bisschen Englisch lernen?«

»Warte mal – ich glaube, das ist die Lösung des Rätsels!«, rief Juanita.

»Was ist die Lösung?«, fragte Klemens.

»Ich habe meine gesamten Sprachlernkapazitäten aufgebraucht, als ich Deutsch lernte! Jetzt ist einfach nichts mehr da!«

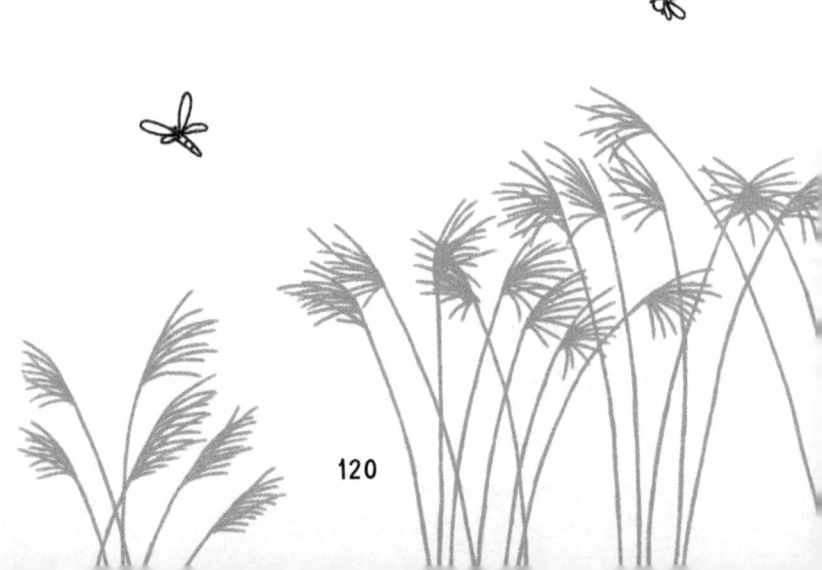

KAPITEL DREIZEHN

Als Pico weiterruderte und die Stimmen hinter ihm langsam verklangen, spürte er ein unangenehmes Ziehen in der Brust. Er war doch nicht etwa eifersüchtig? Solange er unter dem Eindruck gestanden hatte, dass Juanita einsam und allein vor sich hinlernte, während er einsam und allein herumruderte oder durch sein »Reich« streifte, war alles in Ordnung gewesen. Jetzt aber fühlte er sich irgendwie benachteiligt. Ausgeschlossen. Hätte er doch darauf bestehen sollen, selbst mit Juanita lernen zu dürfen? Hatte er sich nicht nur eine Einkommensquelle, sondern auch jede Menge Spaß entgehen lassen? Discover, destroy, das wusste er auch, dazu brauchte man keinen Sechstklässler zu bemühen. Und wieso bekam er anstatt eines riesigen Hundes, der Bällen nachschwamm und »Kein Pipi!« verstand, nur zwei schlappe, permanent erschrocken dreinblickende Fasane? War Klemens etwa nicht nur ein Freund von Juanita, sondern *ihr* Freund?

Vier Stege weiter wohnte er, hatte Juanita gesagt, Pico zählte mit. Eins, zwei, drei – der vierte Steg war deutlich neuer als die anderen. Ins Wasser führte nicht nur eine Leiter, sondern eine regelrechte Treppe. Das Haus dahinter war ein hypermoderner Kubus mit komplett verglaster Front. Es sah teuer aus, wie eine an Land gegangene Yacht. Klemens Eltern waren wohl reiche Schönheitschirurgen oder etwas in der Art. Wozu brauchte der Junge Einkünfte durch Nachhilfestunden? Kein Mensch war zu sehen. Am Ufer blitzte eine verchromte Dusche in der Sonne, daneben hing auf einem Geländer ein bordeauxrotes Handtuch. Sogar das Handtuch sah nobel aus.

Pico ruderte weiter und weiter, bis er zu der großen Wiese mit dem unter Türken so beliebten Baum darauf kam. Auch heute bot sich das gewohnte Bild: Männer, die an den Ästen rüttelten, und Frauen und Kinder, die die Früchte aufsammelten. Dort, wo keine Früchte mehr lagen, waren mehrere große Picknickdecken ausgebreitet. Andere Frauen waren damit beschäftigt, aus Kühltruhen Tupperwaredosen zu holen und auf den Decken zu arrangieren. Plötzlich kam ein Junge interessiert an das Ufer heran. In einer Hand hielt er etliche der Früchte, die er sich mit der anderen in den Mund schob.

»Schickes Boot«, sagte der Junge.

»Danke«, erwiderte Pico. »Was sammelt ihr da eigentlich?« Der Junge sah in den Himmel, als würde er dort die Antwort finden. Er steckte sich noch eine Frucht in den Mund, kaute darauf herum wie jemand, der mit verbundenen Augen erraten soll, was er isst, runzelte die Stirne und sagte dann: »Erstaunlich. Ich habe wirklich keine Ahnung, wie das auf Deutsch heißt. Soll ich es dir auf Türkisch sagen?«

»Okay«, sagte Pico, ohne große Hoffnung, dass ihm das weiterhelfen würde.

»Dut«, sagte der Junge.

»Dut?«

»Dut. Magst du eine kosten?« Pico nickte und streckte die Hand aus. Der Junge hockte sich an der Uferböschung hin und reichte ihm etwas ins Boot hinunter, das wie eine weiße Raupe mit schwarzen Punkten aussah. Die Punkte saßen auf kleinen Warzen. Insgesamt machte das Ding keinen sonderlich einladenden Eindruck. Vorsichtig steckte Pico es in den Mund und biss darauf. Es schmeckte süß, ein bisschen wie Honig, mit einem frischen Beigeschmack wie von Limette und Gras.

»Interessant«, sagte er, »hab ich echt noch nie gegessen.«

»Du warst wohl noch nie in der Türkei?«

»Doch, mit drei Jahren. Ich kann mich nicht erinnern.«

»Es gibt schwarze und weiße. Man kann sie auch trocknen, dann schmecken sie wie Gummibärchen. Meine Oma macht immer Sirup daraus.«

Sirup! Das war die Idee! Sein Vater musste ihm Sirup aus diesen köstlichen kleinen Maden machen! Dies war nur fair und gerecht – dieselbe Rache wie für Picos Mutter, mit demselben erfreulichen Ergebnis für Pico. Allerdings würde es etwas schwieriger sein, seinen Vater dazu zu überreden. Mit flehendem Augenaufschlag kam er da nicht weiter. »Du willst Sirup aus unbekannten Maden? Dann stell dich in die Küche und mach dir welchen!«, war wohl die erwartbare Reaktion.

»Und – kann ich?«, fragte der Junge. Offenbar hatte er Pico etwas gefragt, was dieser nicht mitbekommen hatte.

»Ähm – was willst du nochmal?«, stotterte Pico.

»Ins Boot? Rudern?«

»Klar. Spring rein.« Pico hielt sich mit einer Hand an einem Grasbüschel der Uferböschung fest, um das Boot zu stabilisieren, und der Junge sprang hinein. Pico stieß sie vom Ufer ab. Nachdem er ein paar Schläge gerudert war, ließ er den Jungen seinen Platz einnehmen. Dieser klatschte die Ruder ins Wasser, dass es nur so spritzte. Er hatte offenbar so viel Erfahrung im Rudern wie Pico, als er zum ersten Mal ans Lackelwasser gekommen war.

»Wie heißt du?«, fragte Pico.

»Ahmet. Und du?«

»Pico.«

»Ist das Kroatisch?«

»Nein. Hab ich erfunden. Meine Eltern haben erlaubt, dass ich mir selbst einen Namen aussuche.«

»Cool.« Ahmet kämpfte mit den Rudern.

»Du musst mit beiden Rudern gleichzeitig rudern, sonst fahren wir im Kreis«, erklärte Pico. Wortlos schnaufend griff Ahmet den Hinweis auf, und plötzlich schoss das Boot zügig voran. Da hörte man vom Ufer lautes Schreien: »Ahmet!

Ahmet!« Pico sah dort einige Erwachsene stehen, die in ihre offenen Münder deuteten. Offenbar war das Essen fertig angerichtet.

»Mist«, sagte Ahmet und hörte zu rudern auf. »Zeit zum Essen. Was muss ich jetzt machen, um umzudrehen?«

KAPITEL VIERZEHN

Nachdem Ahmet wieder an Land gegangen war, machte Pico sich auf den Heimweg. Ahmets Mutter hatte ihm zum Dank, dass er Ahmet mit seinem Boot rudern hatte lassen, einen Joghurtbecher voll der süßen Madenfrüchte geschenkt. Ab und zu ließ Pico eines der Ruder hängen, nahm eine Beere aus dem Becher und steckte sie sich in den Mund. Er überlegte, mit welchem Behältnis er wohl am besten eine große Menge der Dinger transportieren konnte. Eine Schüssel? Ein Kübel? Als er an Klemens' Steg vorbeikam, stand dort neben der Dusche ein knutschendes Paar in Badebekleidung. Der Mann hatte sich das bordeauxrote Handtuch lässig über die Schulter geworfen. Schönheitschirurgen, dachte Pico und ruderte weiter. Die nächsten drei Stege waren leer. Nach einer längeren grünen Strecke kam der Steg der Tabakoffs. Ganz vorne stand Juanita wie eine Gallionsfigur. Die Bücher waren weg, ebenso Klemens und sein Labrador Werner. Automatisch ruderte Pico heran, obwohl Juanita ihm nicht winkte.

»Ich hab auf dich gewartet«, sagte sie.

»Ich muss nach Hause«, meinte Pico. Er war müde und hungrig.

»Okay.« Sie wandte sich um und ging.

»Warte!«, rief Pico.

Juanita blieb stehen und schaute über die Schulter: »Ja?«

»Möchtest du vielleicht mitkommen?«, fragte Pico. »Ich will dir was zeigen.«

»Was denn?«

»Eine Überraschung.«

»Ich komm mit, wenn du mir sagst, was es ist.«

»Na dann eben nicht.«

»Gut, dann nicht.« Juanita wandte sich wieder zum Gehen. Gerade, als Pico weich wurde und ihr nachrufen wollte, drehte sie sich um und sagte: »Also gut, dann komm ich halt mit.« Pico tat sein Bestes, das Boot möglichst elegant so an den Steg zu bringen, dass sie problemlos hineinspringen konnte. Mit der einen Hand hielt er sich am Steg fest, die andere reichte er Juanita, die sie nahm und wie eine Lady in das Boot stieg. Sie setzte sich Pico gegenüber ans Heck und starrte ihn an. Er ruderte wie ein Verrückter in der Hoffnung, seine Bizepse würden sich dabei vorteilhaft spannen.

»Was hast du da?«, fragte Juanita und deutete auf den Joghurtbecher, der neben Pico auf der Bank stand.

»Ach, das sind so Früchte, die mir eine Frau geschenkt hat. Sehen aus wie die Kinder einer Raupe und einer Brombeere.« Er reichte ihr den Joghurtbecher und sie warf einen Blick hinein: »Das sind Maulbeeren.«

»Maulbeeren? Nie gehört.«

»Die sind von dem Baum auf der großen Wiese, stimmt's? Vor langer, langer Zeit soll es in Wien viele Maulbeerbäume gegeben haben, für die Seidenraupenzucht. Seidenraupen ernähren sich nämlich ausschließlich von den Blättern der Maulbeerbäume. Vielleicht ist der Baum sogar noch von damals, er könnte schon hundert oder zweihundert Jahre alt sein«, erklärte Juanita.

»Wenn deine Mutter wüsste, was für eine Streberin du in Wahrheit bist«, meinte Pico und Juanita grinste.

Als sie den Sebereisen-Steg erreicht hatten, brachte er das Boot längsseits und machte das Tau mit einem Palstek an dem rostigen Anlegering fest. Zu seiner Überraschung schien Juanita beeindruckt: »Wo hast du denn das gelernt?«

»Aus einem Buch, das ich im Haus gefunden habe.«

»Was für ein Buch?«

»So eines mit Seemannsknoten. Muss den Sebereisens gehört haben.«

»Und wenn du ein Kochbuch findest, lernst du dann kochen?«

»Eher nicht.«

»Und wenn du ein Yoga-Buch findest, machst du dann Yoga-Übungen?«

»Definitiv nicht.«

»Das heißt, Knoten sind dein Ding.«

»Nein, Knoten sind nicht mein Ding. Mir war nur langweilig.«

Sie kletterten aus dem Boot und gingen Richtung Haus. Plötzlich machte Juanita »Pssst!« und sprang hinter einen Busch. »Komm!«, flüsterte sie und winkte Pico, er solle ihr folgen. Verdattert schlich er sich zu ihr und hockte sich neben sie hinter das Gesträuch.

»Was ist denn?«, flüsterte er.

»Da, schau!« Juanita streckte einen Zeigefinger durch das Blattwerk. »Aber vorsichtig, sonst verschreckst du sie!« Möglichst langsam reckte Pico den Kopf, um zwischen den Blättern hindurch etwas sehen zu können. Da war das Haus. Die Terrasse. Der Holunderbaum. Das Himbeergestrüpp. Die Wiese. Die beiden Fasane.

»Meinst du etwa die Fasane?«, flüsterte er.

»Ja! Ist das nicht fantastisch! So nahe am Haus! Und mitten am Tag! Normal sind die dämmerungsaktiv!« Juanita verschluckte sich fast vor Begeisterung.

Pico stand auf, winkte mit beiden Armen und rief: »Juhu! Fasane!«

Juanita versuchte ihn wieder herunterzuziehen: »Was machst du denn da? Du verjagst sie doch!«

Pico marschierte hinter dem Busch hervor und direkt auf die Fasane zu. Sie würdigten ihn kaum eines Blickes, sondern suchten weiter mit waagrecht ausgestreckten Schwanzfedern und gemessenen Schrittes den Boden nach interessantem Nahrungsangebot ab. Als sie sah, dass die Vögel nicht flüchteten, kam Juanita ebenfalls zögerlich hinter dem Busch hervor. Mit Schleichschritten holte sie zu

Pico auf. »OMG!«, flüsterte sie, »die sind ja so gut wie zahm!«

»Die *sind* zahm«, erklärte Pico, ging in die Hocke und streichelte einem der Vögel über das Gefieder. »Das war es, was ich dir zeigen wollte.«

»Die sind ja bezaubernd«, sagte Juanita und kniete sich hin. »Darf ich sie auch streicheln?«

»Klar.«

Juanita streckte die Hand aus und streichelte dem anderen Fasan den Rücken. Er gab unter der Berührung aufgeregt klockende Laute von sich, ließ sie sich aber gefallen. »Die sind ja sowas von süß«, sagte Juanita entzückt. »Sie schauen total belämmert drein, ist das putzig!«

»Dann ist meine Überraschung also gelungen?«, fragte Pico, um darauf hinzuweisen, dass Juanita ihre Begegnung mit den »putzigen« Vögeln ihm zu verdanken hatte.

»Oh ja«, sagte sie. »Ich hatte schon Angst, du würdest mir irgendein Board zeigen.«

»Was denn für ein Board?«

»Ein Waveboard oder Longboard oder Skateboard oder sowas.«

»Wieso sollte ich dir ein Board zeigen?«

»Naja, wenn ein Junge sagt, er möchte einem was ganz Tolles zeigen, dann ist die Board-Gefahr ziemlich groß, oder?«

Anscheinend hatte Juanita hier einschlägige Erfahrungen gemacht. Etwa mit Klemens? Plötzlich hatte Pico eine

Eingebung. »Soll ich dir sagen, wie die beiden heißen?«, fragte er mit Blick auf die Fasane.

»Klar.«

»Das da«, sagte Pico und deutete auf den einen, »ist Discover. Und der andere heißt Destroy.«

Juanita schaute von einem Fasan zum anderen. »Na toll. Sie schauen exakt gleich aus. Woher soll ich wissen, welcher welcher ist?«

Pico, der die Fasane bislang ebenfalls nicht unterscheiden hatte können, suchte angestrengt nach Erkennungsmerkmalen. »Der da hat eine zerrupfte Schwanzfeder. Daher Destroy. Destroy – zerstören – zerstörte Schwanzfeder – alles klar?«

»Na gut. Und der andere?« Der andere Fasan schien keine körperlichen Besonderheiten zu haben. Allerdings grub er gerade mit seitlichen Schnabelhieben ein Grasbüschel aus.

»Er sucht gerne Essen«, sagte Pico. »Discover – entdecken – Essen entdecken.«

»Destroy sucht sicher genauso gerne Essen, aber ich will es mal gelten lassen«, sagte Juanita. Plötzlich schien ihr etwas einzufallen: »OMG!« rief sie, »jetzt kapier ich, was du da machst!«

»OMG was mach ich denn?«

»Das ist ja so süüüüß!«

»Was ist süüüüß?«

»Du hast dich erinnert, dass ich dir erzählt habe, wie meine Mutter meine Katzen nach Englischvokabeln benannt hat, und dass ich sie mir dann gemerkt habe, und dass ich gesagt habe, ich bräuchte für jedes Vokabel ein Haustier, damit ich es mir merken kann, und dann hast du – das ist ja so süüüüß von dir!«

»Okay, die Fasane heißen Luke und Skywalker«, sagte Pico.

»Nein nein nein, es gibt kein Zurück! Du hast etwas total Süßes gemacht!«

Pico wandte sich an die Fasane: »Luke, Skywalker, ich entschuldige mich für die Unannehmlichkeiten.«

»Aber jetzt sag mal, wieso die überhaupt so zahm sind«, sagte Juanita, »habt ihr sie unter Drogen gesetzt?«

Pico erzählte, wie die Fasane gezüchtet worden waren, um von Hobbyjägern geschossen zu werden, wie sie sich in Folge ihrer Zutraulichkeit als unjagbar erwiesen hatten, wie sie geschlachtet werden hätten sollen und wie sein Vater sie als Rasendeko mitgebracht hatte. »Obwohl wir es mittlerweile sehr bereuen, ihnen hier Asyl gewährt zu haben. Jeden Tag um fünf Uhr in der Früh fangen sie zum Gotterbarmen zu schreien an. Es klingt schauerlich. Als würden sie vor Liebeskummer sterben. Mir wäre lieber, wir hätten ein paar Gockelhähne, die herumkrähen«, schloss Pico. Wie zur Bestätigung stieß Destroy in diesem Moment ein langgezogenes »Ptui!« aus, in das Discover mit einem durchdringenden »Ptuiuiui!« einstimmte.

»Vielleicht sterben sie ja tatsächlich vor Liebeskummer«, meinte Juanita besorgt. »Ihr müsst ein paar Weibchen für sie auftreiben. Sie sind polygam. Jeder braucht mehrere Hennen für sein Glück.«

»Wir hoffen ja, dass welche aus dem Wald kommen, damit das Elend ein Ende hat«, sagte Pico.

Juanita schien plötzlich etwas einzufallen. »Ehrlich gesagt ...«, hob sie an, »vielleicht wäre es doch besser, wenn sie sich nicht fortpflanzen.«

»Und wieso nicht?«

»... weil, eigentlich bin ich gegen Neozoen.«

»Äh ... Natürlich. Das ist doch jeder.«

»Du hast keine Ahnung, was Neozoen sind, oder?«

»Äh ... Nein.«

»Tiere, die hier nicht heimisch sind.«

»Wieso sollten Fasane hier nicht heimisch sein?«, fragte Pico.

»Sie stammen ursprünglich aus Asien. Sie wurden nur für die Jagd hierhergebracht«, erklärte Juanita. Sie nahm aus der Futterschale eine Handvoll Sonnenblumenkerne und hielt sie den beiden Fasanen hin. Höflich pickten sie ihr ein paar aus der Hand, offenbar mehr, um ihr einen Gefallen zu tun, als aus aufrichtiger Begeisterung. Normalerweise machten sie sich nicht viel aus Sonnenblumenkernen. Es sind wirklich sehr zuvorkommende Vögel, dachte Pico.

»Ich hab schon viele gesehen«, sagte er, »vor allem vom Zug aus. Da sitzen ständig welche auf den Feldern. Ich versteh gar nicht, wieso man die züchten und aussetzen muss.«

»Sie wurden ja auch schon vor langer Zeit hierhergebracht und haben sich ausgebreitet. Wahrscheinlich gibt es
nur nicht genug für so eine Super-Mörder-Treibjagd, sodass
man noch einen Haufen dazu aussetzt. Aber es sind trotzdem Neozoen.«

»Und was ist dagegen einzuwenden?«, fragte Pico. »Die
Amerikaner sind auch Neozoen in Amerika.«

Juanita überlegte eine Weile. »Stimmt eigentlich«, sagte
sie schließlich, »und sie haben ja auch die Indianer ver-
drängt. Neozoen sind problematisch für das Ökosystem. Sie
konkurrieren mit heimischen Arten und können sie sogar
komplett zum Verschwinden bringen. Zum Beispiel tauchen
hier am Lackelwasser immer wieder Rotwangenschmuck-
schildkröten auf. Sie stammen eigentlich aus den Sümpfen
am Mississippi. Die Leute kaufen sie als drei Zentimeter
große Babys in der Zoohandlung, aber wenn sie dann mal
dreißig Zentimeter groß sind und beißen, setzt man sie einfach in der Au aus. Und hier verdrängen sie dann die Europäische Sumpfschildkröte.«

»Und was ist mit dem kanadischen Biber, der drei Mal so
groß ist wie ein europäischer und den wahnsinnige Tierschützer hier ausgesetzt haben?«, fragte Pico.

»Oh Gott«, sagte Juanita, »das hast du meiner Oma doch
nicht abgekauft, oder? Ich glaube, das Hauptproblem dieser
Generation ist, dass sie nicht googeln kann. Einer erzählt
dem anderen einen Blödsinn und dann wird es so oft wie-
derholt, bis es alle glauben. Aber googeln? Nein, man hat ja

viel bessere Quellen. Den Cousin von der Schwägerin von der Frau Smetana vom Treppelgrund 3.«

»Soll ich jetzt googeln oder sagst du es mir einfach?«, fragte Pico.

»Erstens«, sagte Juanita, »ist der kanadische Biber genauso groß wie der europäische. Zweitens wurden hier europäische Biber wieder ausgewildert, und zwar lange, bevor wir beide geboren wurden. In den späten 1970er Jahren. Damals waren die Biber in den Donauauen seit über hundert Jahren ausgerottet, darum sind die alten Herrschaften auch nicht mit ihnen aufgewachsen und glauben jetzt, die kommen von weiß Gott wo her. Aber sie sind Nachkommen von denen, die die wahnsinnigen Tierschützer vor fünfzig Jahren aus Polen geholt haben. Dort gibt es ganz im Norden eine wilde Seenlandschaft, wo europäische Biber überlebt hatten. Maserati oder so.«

»Was?«, sagte Pico. »Ich glaub dir viel, aber deine Vokabelschwäche ... Warte, ich google das jetzt.« Er zückte sein Handy und gab ein: Nordpolen Seen. »Masurische Seenplatte«, sagte er, »Masuren, nicht Maserati.«

»Masern, Maserati, Masuren ...«, sagte Juanita. »Jedenfalls waren die Biber hier in den Donauauen seit Bibergedenken heimisch, bevor man sie ausgerottet und vergessen hat.«

»Und wen verdrängen jetzt die Fasane?«, fragte Pico und deutete auf Destroy, der gerade eine fette Spinne aus dem Gebüsch pickte.

»Warte, das muss ich googeln«, sagte Juanita und tippte auf ihrem Handy herum. »Wachteln und Rebhühner«, erklärte sie schließlich.

»Na gut. Dann werden Luke und Skywalker eben doch noch im Kochtopf landen. Damit wir wieder schlafen können und die Wachteln ihre Ruhe haben.« Pico spürte nun wieder das Knurren in seinem Magen. »Lass uns reingehen. Mal sehen, was es zu essen gibt.«

Sie überquerten die Terrasse und gingen ins Haus. Kein Mensch war da. In der Küche lag ein Zettel auf der Anrichte:

Hallo Pico,

hab auf dich gewartet, weil ich vergessen hab, dir zu sagen, dass ich mit Mariechen zum Arzt muss. Sind gegen sechs zurück. Im Kühlschrank sind Wraps für dich.

HDL Ma

P.S. Räum endlich das Rad und
die Pumpe weg, die vor dem Haus liegen.

»Ist deine Schwester krank?«, fragte Juanita.

»Nein, nicht dass ich wüsste. Ist sicher nur so eine Routineuntersuchung. Schauen, ob alles richtig wächst.« Pico öffnete den Kühlschrank. Auf einem Teller lagen zwei Wraps, die in Klarsichtfolie gewickelt waren.

»Willst du einen?«, fragte er.

»Was ist denn drin?«

Pico wickelte einen der Wraps aus und roch daran: »Thunfisch.«

»Oje«, sagte Juanita, »ihr esst noch Thunfisch?«

»Ich weiß!«, sagte Pico, obwohl er den Wrap durchaus gern gegessen hätte. »Das ist so 2010! Als ob man noch nie was von der Überfischung der Meere gehört hätte!«

»Und vom Sozialleben der Fische. Und vom Klimawandel, der durch kaputte Ozeane endgültig in die Katastrophe kippt. Hast du schon versucht, deine Eltern zu zeitgemäßer Ernährung zu bewegen?«, fragte Juanita.

»Ehrlich gesagt nein«, gab Pico zu, »bis vor fünf Minuten war ich mir noch sicher, dass man ohne Bolognese nicht leben kann.«

»Kann man eh nicht«, sagte Juanita, »und zwar ohne vegane Bolognese.«

»Ich mach uns jetzt zeitgemäße Wraps«, sagte er und öffnete wieder den Kühlschrank. Er holte einen Bummerlsalat, Tomaten, eine rote Zwiebel und eine Gurke heraus. Auf dem großen Brett schnitt er das Gemüse in Stücke. Er breitete eine Tortilla auf einem Teller aus. »Normalerweise streichen wir da Frischkäse drauf«, sagte er. »Was nehm ich jetzt stattdessen?«

Juanita sah sich um. In der Obstschüssel entdeckte sie zwei Avocados. »Guacamole!«, rief sie. »Wobei – eigentlich sind Avocados auch nicht wirklich zeitgemäß.«

»Nein! Wieso?«

»Sie haben einen extrem hohen Wasserverbrauch und werden in Ländern angebaut, wo es nicht so viel Wasser gibt ...«

»Was soll das eigentlich?«, sagte Pico. »Die Erwachsenen versauen den Planeten und wir Kinder müssen aufpassen, was wir essen?«

»Wir Jugendlichen«, berichtigte Juanita. »Lass uns Guacamole machen. Gehen wir davon aus, dass deine Mutter Fair-Trade-Bio-Avocados gekauft hat.«

Sie schabten das Avocadofleisch aus den Schalen, zerdrückten es mit der Gabel und würzten es mit Salz, Pfeffer und Zitronensaft. Dann bestrich Pico eine Tortilla damit, streute das Gemüse darauf und holte eine Dose Mais und eine Dose Kidneybohnen aus dem Schrank. Er öffnete sie, sprenkelte Maiskörner und Bohnen auf das Gemüse und rollte den Wrap ein. Dann wiederholte er den Vorgang mit drei weiteren Tortillas, für jeden zwei. Die Wraps sahen toll aus, der Rest der Küche wie ein Schlachtfeld.

»Ich werde mir jetzt vornehmen, das alles später aufzuräumen, dann werde ich es vergessen und dann wird meine Mutter einen Anfall kriegen«, sagte Pico.

»Das ist der Plan?«, fragte Juanita.

»Das ist der Plan.« Pico holte zwei Gläser aus dem Schrank, goss etwas Holunderblütensirup hinein und füllte sie mit Leitungswasser auf. »Lass uns auf die Terrasse gehen.« Sie nahmen ihre Teller und Gläser und gingen hinaus zu dem hölzernen Esstisch, der auf der Terrasse stand. Pico fand, dass es ein cooles Gefühl war, ohne Eltern zu essen. Man hatte schon eine Vorahnung vom Erwachsensein.

»Wie kommt es eigentlich«, fragte er kauend, »dass du dir ein Wort wie Neozo-Dingsda merken kannst, aber keine Englischvokabeln?«

»Neozoen«, sagte Juanita. »Ich sag's ja, Bio ist mein Ding. Alles, was mit Bio zu tun hat, merk ich mir. Bei allem anderen hab ich eine Blockade.«

»Was für eine Blockade?«

»Keine Ahnung. Es hat schon in der Volksschule angefangen. Meine Mutter hat sich mit mir und den Schulsachen an den Tisch gesetzt und zack – die Blockade war da. Sie fragt mich was, und ich sehe nur Sterne. Sie erklärt mir was, und ich höre nur blabla, blabla, blabla.«

Aus dem Augenwinkel beobachtete Pico, dass Juanita der Wrap offenbar schmeckte. Sie biss immer wieder genüsslich davon ab. »Bist du in Kolumbien auch schon zur Schule gegangen?«, fragte er.

»Nur ein Jahr, aber das war nicht so wild. Ich war ja noch klein, das war mehr Vorschule. Viel singen und malen. Ich konnte die Tafel nicht sehen, weil ich keine Brille hatte, also hat mich die Lehrerin in Ruhe gelassen. Hier hat mir meine österreichische Mutter sofort eine Brille gekauft, aber ich hab trotzdem nur Sterne gesehen.«

»Hast du irgend so eine Lernschwäche?«

»Ich bin von oben bis unten getestet worden. Völlig normal. Normale Intelligenz.«

»Auf mich machst du auch einen normal intelligenten Eindruck.« Pico grinste und schlürfte an seinem geliebten Holunderblütensaft.

»Dankeschön!«, spöttelte Juanita und fügte hinzu: »Natürlich will ich nicht in die Schule gehen und diesen ganzen Lernhorror haben. Aber wenn ich wollen könnte, würde ich wollen. Der Wrap ist übrigens super. Du bist als Koch nicht unbegabt.«

»Das ist doch nicht kochen«, wehrte Pico bescheiden ab.

»Klar ist das kochen.«

»Kochen ist, wenn man die Nahrung durch Hitze verändert«, erklärte Pico.

»Du bist also Physiker, was?«

»Physik ist nicht mein Ding. Aber ich komme durch. Man muss nur durchkommen.«

»Das sagt meine Mutter mittlerweile auch«, sagte Juanita. »Du musst nur durchkommen! Am Anfang wollte sie aus mir ein Wunderkind machen, weil sie dachte, dass ich mit einer neuen Brille und neuen Bildungschancen direkt auf den Nobelpreis zusteuern werde.«

»Was macht sie denn beruflich?«, fragte Pico.

»Sie ist Steuerberaterin. Partnerin in einer großen Kanzlei. Ich fürchte, sie wollte, dass ich in ihre Fußstapfen trete. Aber da schaut es schlecht aus«, sagte Juanita.

»Und was sagt sie dazu, dass du so gut in Bio bist?«

»Sie sagt, dass ich, auch wenn ich Bio studieren will, rechnen können muss für Chemie und Statistik und so. Und Englisch muss ich auch können, weil alle Papers auf Englisch geschrieben werden, von den Finnen und Slowaken und Chinesen und allen. Damit man sich international versteht.«

»Verdammt«, sagte Pico, »da könnte sie recht haben.«

»Ja, verdammt«, sagte Juanita.

KAPITEL FÜNFZEHN

Am nächsten Tag stand Juanita überraschend vor der Tür. Sie wollte Pico helfen, den »Uferbereich« nach Biberspuren abzusuchen. Bedauerlicherweise hatte Pico vollkommen auf diese Verabredung vergessen.

Er hatte ein paar äußerst unangenehme Stunden hinter sich. Dies lag daran, dass sein scherzhaft geäußerter »Plan«, das Aufräumen der Küche zu vergessen, voll aufgegangen war. Obendrein hatte er auch noch vergessen, das Fahrrad und die Pumpe wegzuräumen. Als seine Mutter am Vorabend mit Mariechen nach Hause gekommen war, war sie gleich darübergestolpert.

Wutschnaubend war sie ins Haus gegangen, wo sie auf den Saustall in der Küche traf. Pico war umgehend herbeizitiert worden, um Rechenschaft abzulegen. Auch wenn er insgeheim zugeben musste, dass die Aufgaben bewältigbar gewesen wären, verteidigte er sich mit Zähnen und Klauen.

»Ich hatte einen Gast!«, versuchte er sich herauszureden. »Hätte ich meinem Besuch etwa zumuten sollen, mir beim

Aufräumen zuzusehen?« Je mehr er das Gefühl hatte, im Unrecht zu sein, desto lauter schrie er.

»Ich bin mir sicher, Juanita hätte diesen Anblick verkraftet!«, schrie seine Mutter zurück. »Du kannst mir ja auch problemlos beim Putzen zusehen, ohne dass es dich in der geringsten Weise stört!«

»Es stört mich sehr wohl!«, schrie Pico. »Du putzt ununterbrochen, der Anblick ist unerträglich!«

»Du würdest mich deutlich weniger putzen sehen, wenn du dich wenigstens um deinen eigenen Dreck kümmern würdest!«, schrie Picos Mutter. Mariechen schaute zwischen den beiden hin und her wie eine Katze, die einen Laserpointer verfolgt.

»Was ist eigentlich mit Mariechen?«, schrie Pico, um von sich abzulenken. »Wieso musste sie zum Arzt? Ist sie krank? Wieso sagt man mir nichts?«

»Sie ist nicht krank«, erklärte seine Mutter mit normaler Stimme, »wir waren nur beim Orthopäden zur Mutter-Kind-Pass-Untersuchung. Sie ist top in Form, alles hervorragend entwickelt.«

Pico war froh, dass er nicht mehr schreien musste, der Hals tat ihm schon weh. »Also dieses Kind ist top in Form und hat keinerlei körperliche Gebrechen?«

»Was willst du damit sagen?«, fragte seine Mutter schon wieder etwas lauter.

»Wieso muss sie eigentlich nie was wegräumen? Wieso immer nur ich?« Pico sah auf Mariechen hinunter. Natürlich konnte sie die Anrichte noch lange nicht erreichen, um dort aufzuräumen, aber das war nicht der Punkt. Der Punkt war die Ungerechtigkeit!

»Blabla blabla blabla«, sagte seine Mutter, oder zumindest war es das, was Pico hörte.

Auf jeden Fall war er den ganzen nächsten Tag zu Hausarbeiten verdonnert worden. Mit Kübel und Wischmop musste er von Zimmer zu Zimmer ziehen und Böden schrubben und Spinnweben aus den Ecken wischen. Um auszudrücken, wie gedemütigt und geknechtet er sich fühlte, hatte er sich eine sehr feminine Küchenschürze mit Rüschen angezogen und ein Geschirrtuch um den Kopf gebunden, sodass er aussah wie eine Putzfrau aus einem Comic. Das war der Anblick, der sich Juanita bot, als er ihr die Tür öffnete.

»Wow«, meinte sie trocken, »es haben ja schon viele Jungs versucht, mich mit gewagten Outfits zu beeindrucken, aber du toppst sie alle.«

»Oh Gott«, stöhnte Pico und riss sich das Tuch vom Kopf, »ich bin für immer ruiniert.«

»Ganz ruhig«, sagte Juanita und griff nach ihrem Handy wie ein Cowboy nach seinem Colt. »Noch habe ich kein Foto gemacht.«

»Wenn du ein Foto machst und es irgendwo online stellst, sind wir geschiedene Leute!«

»Oh – Kaiserin Sissi will nicht fotografiert werden!«, sagte Juanita und schob das Handy wieder in die Tasche ihrer roten Shorts. »Was ist, hast du Zeit für die Biber-Mission oder soll ich später wiederkommen?«

»Nein, ja, warte ...«, sagte Pico. Er drehte sich um und schrie ins Haus hinein: »Mutter! Wir haben Besuch!« Wortlos warteten sie eine Weile, bis sich Schritte näherten.

»Hallo Juanita«, sagte Picos Mutter in ihrem liebenswürdigsten Tonfall.

»Grüß Gott«, sagte Juanita. »Ich finde es außerordentlich begrüßenswert, dass Sie Ihren Sohn zur Hausarbeit erziehen. Seine zukünftige Partnerin wird es Ihnen danken!«

»Wahrlich, das wird sie!«, lachte Picos Mutter.

Pico war fassungslos. Was ging hier vor? Wieso verbrüderten sich die beiden? Oder verschwesterten sich? Als er dem Gespräch wieder folgen konnte, stellte sich heraus, dass er für diesen Tag von seinen Pflichten entbunden war und mit Juanita in den Garten gehen durfte.

»Wie hast du das gemacht?«, fragte er, als er hinter Juanita dreinstolperte. Sie schleuderte die Flip-Flops weit von sich und ging barfuß weiter. Pico fiel ein, dass er noch die Schürze umhatte; er nahm sie ab und warf sie ebenfalls ins Gras.

»Hi Discover, hi Destroy!«, sagte Juanita fröhlich, als sie an den beiden Fasanen vorbeikamen. Sie blieb stehen und fügte hinzu: »Einer von euch heißt Futtersuchen, und einer Zerrupfte Schwanzfeder. Weiter bin ich im Augenblick noch nicht.«

»Entdecken und zerstören«, berichtigte Pico. »Aber jetzt sag schon – wie hast du mich von meiner Sklavenarbeit losgeeist?«

»Ich nenne es ›die Grasmethode‹«, erläuterte Juanita.

»Und was soll das sein?«, fragte Pico.

»Wenn Wind kommt oder ein Sturm, was macht dann das Gras?«

Pico schaute auf die Wiese, durch die in sanften Wellen der Wind glitt. »Es wackelt?«

»Genau, es biegt sich hin und her und kann sich auch flach hinlegen.«

»Okay?«

»Und wenn der Wind weg ist, richtet es sich wieder auf. Am meisten gefährdet bei Sturm sind Bäume, die sich nicht biegen können. Sie brechen oder werden entwurzelt.«

»Schon klar. Und was hat das jetzt mit Müttern und Sklaverei zu tun?«

»Deine Mutter ist in diesem Fall der Wind, ich bin das Gras. Ich biege mich ein wenig zur Seite, und dann richte ich mich wieder auf.«

»Bitte konkreter«, verlangte Pico.

Juanita lächelte: »Ich habe ihr gesagt, dass es eine wundervolle Sache ist, dich zum Putzen zu zwingen, damit sie dich gehen lässt.«

»Ha!«, sagte Pico, der plötzlich verstand.

»Ich habe ihr natürlich auch gesagt, dass ich gerne ein anderes Mal wiederkommen kann, um den Uferbereich abzusuchen, dass es aber wirklich dringend gemacht werden muss – immerhin kann es sehr gefährlich werden, wenn so ein von Bibern angenagter Baum plötzlich umstürzt.«

»Ha!«, sagte Pico noch einmal. »Du hast also eine Mischung aus Angstmache und Schleimerei angewandt!«

»Diplomatie, mein Freund«, sagte Juanita, »reine Diplomatie.« Obwohl auf dem Boden Steine und Zweige lagen, schien sie keinerlei Schmerzen zu verspüren. Auch Brennnesseln trat sie einfach nieder.

»Was hast du eigentlich für Füße?«, fragte Pico. »Tut das nicht weh?«

Gelenkig wie eine Balletttänzerin hob Juanita einen ihrer Füße bis vor Picos Gesicht. »Hornhaut wie Beton«, sagte sie stolz. »Man muss im Februar anfangen barfuß zu gehen, dann ist man für den Sommer gewappnet.«

Sie waren nun am Steg angelangt. »Okay«, sagte Juanita. »Ich schlage vor, wir suchen erst den Bereich links vom Steg bis zur Grundstücksgrenze ab, anschließend den Bereich rechts vom Steg bis zum Grundstück meiner Großeltern.« Sie machte wichtige Gesten wie ein Offizier in einem Kriegsfilm, der den Feind im undurchdringlichen Dschungel vermutet. Dann stürzte sie sich ins Gestrüpp, das hinter ihr zusammenschlug und sie verbarg, als wäre sie nie dagewesen. Pico, der hinter einer Barfüßigen nicht zurückstehen wollte, folgte ihr. Wie ein Blinder tastete er sich voran, nahm den Kampf mit den Pflanzen auf. Es schien, als ob sie sich mit aller Kraft gegen ein Eindringen wehrten. Dornen, Nesseln, Lianensperren, zurückschnalzende Zweige. Pico fluchte unter Zuhilfenahme von Wörtern, die er in Gegenwart seiner Eltern nicht verwenden durfte. »Scheiß Lianen«, sagte er, »elende Drecksbiber«, und: »So ein arschbekackter Tag!«

Endlich lichtete sich das Gestrüpp; Pico stand nun unter hohen Bäumen. Das schmale Uferwäldchen aus Pappeln und Weiden sah aus, als hätte es überhaupt noch nie eine Menschenseele betreten. Die schattige Luft schwirrte nur so von Insekten, ständig hatte Pico das Gefühl, irgendetwas würde ihm in Mund oder Nasenlöcher hineinfliegen. Vom Wasser her glitzerten ein paar Lichtreflexe. Die Uferböschung war steil und etwa einen Meter hoch. Pico wandte sich nach links und ging weiter in der Richtung, die Juanita vorhin angegeben hatte. Dann sah er den roten Fleck ihrer Shorts. Offenbar war sie stehengeblieben, um auf ihn zu warten.

»Da haben wir es schon«, sagte sie, als er sie erreicht hatte. Sie zeigte auf eine vor ihnen liegende kleine Lichtung. Pico sah sofort, was sie meinte: Baumstümpfe mit verräterischen Spitzen, wie nur die Schneidezähne von Bibern sie zurückließen. Er ging näher heran, um sie sich genauer anzusehen. Vier, fünf, sechs gefällte Bäume zählte er. Es waren dünne Bäumchen, Pappelnachwuchs. Neben den Stümpfen lagen große Holzspäne.

»Diese Spuren sind aber schon älter«, meinte Pico, »dort, wo sie genagt haben, ist das Holz ganz dunkel. Die Späne sind auch schon fast schwarz.«

»Ganz genau«, stimmte ihm Juanita zu und er meinte, einen Hauch von Anerkennung in ihrer Stimme zu hören. »Das ist mindestens ein Jahr alt. Schauen wir weiter, vielleicht finden wir noch etwas Frischeres.« Sie setzten ihren Weg fort, ließen den Blick von links nach rechts schweifen, von rechts nach links.

»Eines würde mich ja mal interessieren«, sagte Pico. »Ich habe am ganzen Lackelwasser noch keinen einzigen Damm gesehen. Sollten Biber nicht Dämme bauen?«

»Sie bauen Dämme nur dort, wo das Wasser zu seicht ist«, erklärte Juanita. »Einen Bach, der nur dreißig Zentimeter tief ist, müssen sie natürlich aufstauen, damit sie tauchen und schwimmen können. Hier ist es aber überall tief genug.«

»Und wozu fällen sie dann die ganzen Bäume?«, fragte Pico.

»Um sie zu fressen. Also nicht das Holz. Sie mögen die Rinde, vor allem die der zarten Zweiglein. Und Blätter und Knospen. Und da sie nicht klettern können, müssen sie die Bäume eben fällen, um an die Kronen heranzukommen.« Sie blieben stehen, um eine blaue und eine braune Libelle zu beobachten, die einander über dem Wasser im grazilen Schwirrflug umkreisten.

Der Polizeisirenen-Klingelton, der aus Juanitas Shorts kam, hätte nicht unpassender sein können. Sie nahm das Handy heraus, schaute auf das Display und sagte: »Oje.« Dann nahm sie den Anruf an: »Hallo Mama.« Pico versuchte zu verstehen, was die Frauenstimme am anderen Ende sagte, es gelang ihm jedoch nicht.

»Aha«, sagte Juanita in regelmäßigen Abständen. »Aha ... mmh ... aha.« Plötzlich wurde sie wütend: »Natürlich bin ich gerade am Lernen! Was sollte ich denn sonst tun in dieser Einöde hier! Ja ... Mathe ... Ich berechne gerade die Seitenlänge eines Quadrats ...« Pico hielt sich die Hand vor den Mund, um nicht loszuprusten. In diesem Moment erklang das laute Trompeten zweier Schwäne, die offenbar einen Streit hatten. Pico hielt den Atem an.

»Am Steg sitze ich«, improvisierte Juanita, »darf ich denn nicht im Freien lernen Herrgott nochmal? ... Nein ... natürlich nicht, das wäre ja viel zu einfach ... Mit Hilfe der Diagonale ... die Seitenlänge des Quadrats mit Hilfe der Diagonale ... Du willst die Formel wissen? Du willst die Formel wissen?!« Hilfesuchend sah sie Pico an. Dieser griff nach ihrer freien Hand und malte mit dem Zeigefinger langsam die Formel auf ihren Handrücken. »Die Wurzel ...«, sagte Juanita, »von d ... d hoch zwei ... durch ... durch ... zwei.« Pico hob den Daumen um zu bestätigen, dass sie die Formel richtig gesagt hatte.

»Aha«, sagte Juanita wieder, »mmh ... aha ... aha. Ich liebe dich auch, Mami.« Der letzte Satz hatte etwas giftig geklungen. Offenbar war das Gespräch beendet, denn Juanita holte weit aus und tat so, als würde sie das Handy ins Wasser werfen wollen. Dann steckte sie es wieder in die Tasche ihrer Shorts.

»Danke für die Formel«, sagte sie zu Pico, »ich hoffe, es war keine allzu schlimme Verletzung deines Lernverbots.«

»Ich fühle mich ein wenig gestresst«, antwortete er, »ich kann nur hoffen, dass der Vorfall keine kostbaren Lerninhalte aus meinem Gedächtnis gelöscht hat.«

Juanita hob die Hand zum High-Five und Pico schlug ein. Sie gingen weiter. Wortlos arbeiteten sie sich voran, um Bäume herum, unter Zweigen hindurch, an Büscheln junger Weidentriebe vorbei. Dann blieben sie gleichzeitig stehen.

Vor ihnen war die Erde aufgewühlt, als hätte eine Horde Wildschweine sie umgegraben. Es war nass, überall standen kleine Schlammtümpel. Sah man genauer hin, waren Pfotenspuren zu erkennen: größere, platte mit Zehen, die offenbar mit Schwimmhäuten verbunden waren, und kleinere mit fünf schlanken Fingern, fast wie von einer menschlichen Hand. Dazwischen gab es breite, in Schlangenlinien gewellte Schleifspuren, als hätte jemand einen schweren Gegenstand über die Erde gezogen.

»Sind das Spuren vom Schwanz?«, fragte Pico.

»Ja«, bestätigte Juanita. »Schau mal, da steigen sie aus dem Wasser rein und raus.« Sie deutete auf eine der Schleifspuren, die in einer steilen Bahn die Uferböschung hinabführte.

»Schaut aus wie eine Rutsche«, sagte Pico.

Juanita lachte: »Das heißt auch Rutsche. Biberrutsche. Biber sind einerseits außerordentlich traditionsbewusst. Sie verwenden immer genau dieselben Wechsel durch den

Wald und Ausstiege aus dem Wasser. Und andererseits bauen sie Landschaften komplett um, sodass man sie kaum wiedererkennt. Ich finde, das ist ein total cooler Lebensstil. Viel Vertrautes und doch viel Veränderung.«

»Du würdest also gern ein paar Trampelpfade über das Grundstück deiner Großeltern legen, damit du was Vertrautes hast, und gleichzeitig einen Fleck abholzen und umgraben, damit es Veränderung gibt?«, fragte Pico.

»Ach komm schon«, sagte Juanita, »du weißt doch, was ich meine. Es ist gut, ein Zuhause zu haben und immer die Füllfeder zu benützen, die man mag. Und es ist gut, mal neue Vorhänge zu kriegen oder auf Urlaub zu fahren.«

»Ich verstehe«, sagte Pico, »Biber sind große Philosophen und echte Vorbilder. Quasi Gurus. Wenn du mal nicht weiter weißt, gehst du zur Biber-Lebensberatung.«

Juanita trat ihm auf den Fuß, was aber nicht allzu weh tat, da sie einerseits leicht und andererseits barfuß war.

»Ist es wahr, dass die Biber die Karotten deines Großvaters geklaut haben?«, fragte er.

»Ich fürchte ja«, meinte Juanita, »sie lieben Karotten.«

»Hat er vor, etwas gegen sie zu unternehmen?«

Juanita warf ihm einen misstrauischen Blick zu: »Sag mal, bist du für oder gegen Biber?«

»Für!«, beteuerte Pico, »ich bin absolut pro-Biber!«

»Gut, dass wir das geklärt haben«, sagte Juanita.

Sie wandten sich nun dem Hauptwerk der Biber zu, einer dicken, uralten Pappel, in die ein klaffendes Loch genagt war. Das Innere der Pappel war hellgelb, beinahe weiß, zur Rinde hin wurde es orange. Man konnte am Holz deutlich die Zahnspuren erkennen. Unterhalb des Loches lag ein Haufen heller Späne. Pico hob ein paar auf und schnupperte daran: »Das riecht extrem frisch. Harzig. Und die Späne sind feucht, gar nicht eingetrocknet. Die Biber haben das doch erst vor kurzem gemacht, oder?«

Juanita hockte sich neben ihn, befühlte und beschnupperte die Späne ebenfalls. »Wenn das nicht von gestern Nacht ist, fresse ich einen Besen. Oder ein Stück Pappel.« Sie ging um den Baum herum und untersuchte ihn von allen Seiten. »Interessant«, sagte sie, »offenbar ist das so geplant, dass der Baum aufs Land fällt und nicht ins Wasser. Normalerweise nagen sie ja sanduhrförmig rundherum in den Baum hinein und entscheiden dann erst in letzter Sekunde, in welche Richtung er fallen soll. Aber dieser hier wird genau auf euer Grundstück fallen. Und zwar bald, wenn mich nicht alles täuscht.« Sie schauten nach oben, um die Höhe der Pappel abzuschätzen. Sie schauten in die Richtung, in die der Baum fallen würde, um festzustellen, ob er über das Ufergestrüpp in den leichter zugänglichen Teil des Gartens hinaus krachen würde. Es sah ganz danach aus.

»Ich muss das meinen Eltern sagen«, meinte Pico, »sie gehen zwar nicht wahnsinnig oft auf dem Grundstück herum, aber wenn sie zur falschen Zeit hier vorbeispazieren, dann war's das wohl.«

Juanita nickte schaudernd. »Und wenn dann auch noch Mariechen dabei ist, dann ist deine ganze Familie ausgelöscht und du bist mutterseelenallein auf der Welt.«

»Danke für das schöne Bild«, sagte Pico.

KAPITEL SECHZEHN

Als sie zum Haus zurückkamen, wartete Picos Mutter schon ungeduldig mit Mariechen auf der Terrasse. »Da seid ihr ja endlich!«, sagte sie, »Pico, du musst dich sofort umziehen, es ist etwas ganz Wunderbares geschehen! Die Witzigmanns haben dich zu einer Grillparty eingeladen!« Nicht schon wieder, dachte Pico. Er hatte noch nie von irgendwelchen Witzigmanns gehört. Immer wieder schaffte sie es, dass er von wildfremden Leuten eingeladen wurde. Seine halbe Kindheit hatte er auf Geburtstagspartys verbracht, wo er weder das Geburtstagskind noch sonst jemanden kannte.

»Die Witzigmanns von da drüben?«, fragte Juanita und deutete in die Ferne.

»Ja«, sagte Picos Mutter, »du solltest dich auch umziehen gehen, Juanita, du wirst natürlich ebenfalls erwartet!«

»Wer um alles in der Welt sind die Witzigmanns? Ich werde auf gar keinen Fall noch einmal zu einer Party von fremden Leuten gehen, Mutter, das hab ich dir doch gesagt!«, protestierte Pico.

»Die Witzigmanns sind ein ganz bezauberndes Pärchen, das weiter oben an der Straße wohnt. Er ist Kinderarzt und sie Kieferorthopädin und sie haben ein wunderschönes Haus«, sagte Picos Mutter.

»Es sind die Eltern von Klemens«, sagte Juanita.

»Oh«, sagte Pico. Er staunte über seine Intuition – mit den Schönheitschirurgen war er also gar nicht so weit daneben gelegen.

»Ja, Klemens ist ihr Sohn – kennst du den etwa schon?«, fragte Picos Mutter. Sie war wie aufgedreht. »Er feiert heute seinen sechzehnten Geburtstag und zu diesem Anlass wird eine kleine Grillparty für Kinder und Jugendliche gegeben. Ich war heute Nachmittag dort zum Kaffee, um ihnen meinen nachbarschaftlichen Einstandsbesuch abzustatten, und sie haben dich sofort mit eingeladen. Es ist einfach perfekt, Pico. Dein Vater hat heute Abend eine wichtige Sitzung an der Uni und Mariechen und ich haben unseren Mutter-Kind-Yoga-Abend. Gell, Mariechen? Yo-ga! Yo-ga! Jedenfalls, du wirst bei den Witzigmanns ein tolles Essen bekommen und dich auf keinen Fall langweilen.«

»Kinder?«, fragte Pico.

»Was – Kinder?«, fragte seine Mutter zurück.

»Du hast gesagt, eine Party für Kinder und Jugendliche. Heißt das, Sechsjährige sind auch dabei?«

»Ach das ist doch völlig egal«, rief Picos Mutter, »jetzt geh endlich nach oben und dusch dich und kämm dir die Haare. Zieh die neue Jeans an und das flaschengrüne Poloshirt. Ich bin extra noch losgefahren und habe ein Geschenk besorgt, es liegt auf der Konsole im Windfang. Ich muss jetzt los. Juanita – du gehst am besten nach Hause und machst dich ebenfalls fertig – und könntest du dann Pico abholen? Sonst verirrt er sich noch.«

Juanita salutierte: »Yes ma'am!«

»Das ist die richtige Einstellung!«, lächelte Picos Mutter und ging mit Mariechen ins Wohnzimmer hinein.

»Moment!«, rief Pico ihr nach, »was für ein Geschenk ist es denn?«

»Ach, irgend so ein Technikding«, rief Picos Mutter zurück.

»Warte!«, rief Pico und ging ihr nach. »Was für ein Technikding?«

»Irgend so eines, das Klemens sich gewünscht hat – seine Eltern haben mir den Tipp gegeben.«

»Es ist doch nicht ... Du hast ihm doch nicht etwa eine Kameradrohne gekauft?«, fragte Pico.

»Herrgott Pico«, sagte seine Mutter, »es ist nicht die teure, die du dir wünscht, sondern eine wesentlich bescheidenere Variante. Gönn es ihm doch. Und er ist drei Jahre älter als du, da sieht die Sache schon anders aus. Es ist zu hoffen, dass er mit so einem Gerät etwas erwachsener umgehen kann. Und wenn nicht, brauche ich mir keine Sorgen zu machen – es ist schließlich nicht mein Problem, wenn er das Ding irgendjemandem auf den Kopf fallen lässt. Aber in deinem Fall haften immer noch wir.«

Damit ging sie endgültig, um Mariechen die Schuhe anzuziehen.

»Hey«, flüsterte Juanita, »du könntest das Geschenk auspacken, die Drohne herausnehmen und behalten und irgendein altes Buch wieder einpacken!«

»Brillanter Plan«, knurrte Pico, »meine Mutter wird sicher morgen früh bei diesen Witzigfiguren anrufen und fragen, wie Klemens das Geschenk gefallen hat.«

»Und heb die verdammte Schürze vom Rasen auf!«, brüllte Picos Mutter aus dem Hausflur.

»Hubura ubluuuh!«, krakeelte Mariechen.

»Welcher verdammte Rasen?!«, brüllte Pico zurück.

»Okay«, sagte Juanita, »dann mach ich mich mal auf die Socken. Ich hol dich in einer halben Stunde wieder ab.«

Als sie wiederkam, war Juanita vollkommen verwandelt. Sie trug ein glänzendes rosa Kleid mit weitem, schwingendem Rock, unter dem ein schwarzer Spitzenunterrock hervorblitzte. Über der Stirn waren die Haare zu einer Tolle gewellt, hinten waren sie zu einem hohen Pferdeschwanz zusammengebunden. Sie hatte sich die Wimpern getuscht und pinken Lippenstift aufgetragen, sodass sie mindestens drei Jahre älter aussah. In der Hand trug sie eine Geschenktasche, in der offenbar irgendetwas Schweres war.

»Oh«, sagte Pico, »du siehst ...« Eigentlich wollte er sagen: »... toll aus«, aber er beendete den Satz mit »... wie eine Hundertjährige aus.«

»Dankeschön!«, sagte Juanita, als wäre es genau das gewesen, was sie hören wollte. Sie musterte Pico. Ihm fiel auf, dass er ihr heute schon zum zweiten Mal die Tür öffnete und dabei vollkommen bescheuert aussah.

»Und du«, sagte Juanita gedehnt, »... siehst aus ... wie ... jemand, der sich umziehen sollte.« Pico hatte sich bereits dreimal umgezogen. Erst hatte er aus dem Wäschekorb das dreckigste Shirt und die fleckigsten Shorts geholt, die er finden konnte, und sich damit ausstaffiert. Dann hatte er festgestellt, dass die Sachen so übel rochen, dass er es selbst kaum ertragen konnte, und ein sauberes Shirt und saubere Shorts angezogen. Dann hatte er noch ausreichend Zeit gehabt, sich auszumalen, wie seine Mutter ausflippen würde, weil er nicht das angezogen hatte, was sie wollte, und dann hatte er die schrecklich enge Jeans und das schrecklich spießige Poloshirt angezogen, von denen sie fand, dass er darin so hervorragend aussah.

Juanita streute weiter Salz auf seine Wunden. »Du siehst aus wie ... warte, es fällt mir gleich ein ... unten Knackwurst und oben früh vergreister Golfspieler. Vielleicht solltest du doch wieder zu dem Look mit Küchenschürze und Geschirrtuch auf dem Kopf zurückgehen.«

»Sagte die Dame im Großmutter-Outfit«, gab Pico zurück.

»Das ist retro und Vintage und super angesagt«, erklärte Juanita. »Das ist zum Beispiel auch etwas, was ich an meiner Mutter schätze. Sie lässt mich anziehen, was ich will. Ich habe ihren vollen modischen Support.«

»Davon kann ich nur träumen«, sagte Pico. »Ich suche seit Tagen mein retro Ruderleiberl, aber es scheint auf geheimnisvolle Weise verschwunden zu sein. Mutter leugnet jegliche Beteiligung. Vater auch.«

Er nahm das mit blauem Papier und silberner Schleife edel eingepackte Geschenkpaket von der Konsole. Während er sich umgezogen hatte, hatte er ernsthaft erwogen, Juanitas Idee auszuführen und die Drohne durch ein Buch zu ersetzen. Erst hatte er seine eigenen Bücher durchgesehen, aber von denen wollte er keines hergeben. Dann war er zu Frau Sebereisens altem Kinderwagen gegangen und hatte ein paar der staubigen Bücher herausgenommen, die obenauf lagen. Es handelte sich um schnulzige Liebesromane, die Klemens wohl sehr befremdet hätten. Am Ende hatte Pico den Plan fallen lassen.

Unter der Schleife steckte eine Karte, die er herausnahm und laut vorlas: »›Alles, alles Liebe zu deinem Sechzehnten wünscht dir von Herzen dein Pico‹ – Als ob ich jemals ›alles, alles Liebe‹ sagen würde, oder ›von Herzen‹! Ich bin doch keine uralte Kitschtante!« Wie immer in solchen Fällen hatte seine Mutter seine Handschrift äußerst schlecht gefälscht, weil sie wusste, dass er sich weigern würde, selbst eine Karte zu schreiben. Er deutete auf Juanitas Tasche: »Und, was hast du als Geschenk?«

»Klemens liebt Chutney. Er bekommt ein großes Glas von meinem selbstgemachten Rhabarberchutney«, sagte Juanita.

»Rhabarber was?«

»Chutney. Das ist so eine Art pikanter Marmelade. Mit Zwiebeln, Ingwer, Chili ...«

»Kotz würg«, sagte Pico, »wenn ich Geburtstag habe, schenk mir sowas bloß nicht.«

KAPITEL SIEBZEHN

Überall am Rasen wie auf der Terrasse waren schicke beige, gepolsterte Loungemöbel aufgestellt, auf denen Teenager verschiedener Altersgruppen herumlungerten und sich langweilten oder so taten, als würden sie sich langweilen. Wie Pico befürchtet hatte, waren auch ein paar jüngere Kinder da, die aufgekratzt und kreischend herumliefen. Einige aufgebretzelte Mädchen um die sechzehn saßen zusammen und tuschelten, als wären sie im Besitz von geheimnisvollen Insiderinformationen, während sie gleichzeitig unentwegt auf ihren Handys herumtippten. Klemens, der etwas nervös wirkte, saß im Kreis seiner männlichen Freunde und lachte im Minutentakt laut auf, was wohl darauf hinweisen sollte, dass die Jungs unheimlich tolle Witze rissen. Auch wenn es kaum möglich schien, war sein Haar noch gewagter gefönt und noch windschiefer mit Lackspray betoniert als beim letzten Mal. Offenbar experimentierte man in dieser Clique gerade mit verschiedenen Barttrachten und auch Klemens hatte den dürftigen Versuch eines Drei-Tage-Goatees am Kinn.

»Ich wette, er hat mit Augenbrauenpuder nachgemalt«, flüsterte Juanita Pico zu.

Zu seiner Überraschung war noch jemand da, den er kannte: Ahmet, der Junge, dem er das Rudern gezeigt und dessen Mutter ihm das Glas Maulbeeren geschenkt hatte. Als sich ihre Blicke kreuzten, nickten sie einander würdevoll zu.

Die Bäume waren mit weißen und roten Lampions geschmückt, auf denen chinesische Schriftzeichen aufgemalt waren. Sie wirkten deutlich edler als die Lampions, die sonst auf Geburtstagspartys üblich waren. Pico musste zugeben, dass die Witzigmanns Stil hatten. Die dunkelgrauen Schieferplatten auf der Terrasse machten den Eindruck, als hätte jemand jahrelang sämtliche Schiefersteinbrüche der Welt abgesucht, um genau diese einzigartigen Stücke zu finden. Auch das Haus, dessen große Glastüren weit offen standen, war schlicht und elegant eingerichtet. Ein bisschen sah es aus, als hätte man es für eine Fotostrecke in einem Hochglanzmagazin präpariert. Nur die Jagdtrophäen, die Hirschgeweihe und Rehkrickerl und Gamshörner, der ausgestopfte Eberkopf, das Murmeltier und der balzende Auerhahn wirkten wie aus einem Dorfwirtshaus.

Auf der Wiese war ein riesiges Büffet aufgebaut, an dem vier junge Frauen in schwarzen Hemden, Hosen und Schürzen Platten hin- und herrückten und Servierbesteck auflegten. Versuchte jemand, sich im Vorbeigehen einen Shrimp, ein kunstvoll dekoriertes Senfei oder eine gedrehte Olivenbrotstange zu schnappen, riefen sie: »Noch nicht! Das Buffet ist noch nicht eröffnet!« Nur Getränke wurden schon von mobilen Kellnern verteilt sowie kleine Schälchen mit Rote-Rüben-Chips, deren Verkostung allgemein mit Naserümpfen, Kotzgeräuschen und dramatischem Ausspucken endete.

Auf der Terrasse standen zwei mächtige Grills: einer war eckig und silbern, einer rund und schwarz. Hier werkte Dr. Witzigmann mit derselben Profimiene, wie Pico sie von seinem Vater kannte. Er überprüfte Temperaturen, hantierte mit riesigen Zangen, stocherte in glühenden Kohlen, faltete Alufolie und schob und wendete Steaks und Gemüsespieße, Fleischlaberl und Würstel. Pico saß mit gutem Blick auf diesen zentralen Ort des Geschehens, nippte an seinem Glas Ginger Ale und fühlte sich dabei etwas eingeengt. Dies lag nicht nur daran, dass Juanita rechts und Ahmet links von ihm auf dem Zweifersofa saßen, sondern dass der Labrador Werner eine ebenso plötzliche wie enge Bindung zu ihm aufgebaut zu haben schien, was dazu führte, dass er dicht vor ihm saß und ihn unentwegt anstarrte. Auslösend war vermutlich die Tatsache gewesen, dass Pico ihn zur Begrüßung getätschelt und gesagt hatte: »Hey, Werner, ich habe zwei Worte für dich: Kein Pipi!« Werner hatte die Ohren gespitzt, soweit sich Schlappohren eben spitzen ließen, und war Pico nicht mehr von der Seite gewichen.

»Er hat dich offenbar als seinen Rudelführer anerkannt«, meinte Juanita. Sie schien ein wenig eifersüchtig zu sein.

Doch schon war sie abgelenkt, denn eine größere Gruppe von Erwachsenen, Jugendlichen und Kindern trat auf die Terrasse heraus. »Ah! Das sind die Waidenburgs. Eigentlich die Waidenburg-Furthenaus. Noch eigentlicher die Waidenburg von Furthenaus.«

»Wie jetzt?«, fragte Pico. »Heißen sie Weidenwald-Furthenburg oder von Burgenland-Auenwald?«

»Die Kolumbianerin muss dir wohl die österreichische Geschichte erklären«, sagte Juanita. »Es handelt sich um das Geschlecht der ehemaligen Grafen Waidenburg von Furthenau. Ihren alten Adelsnamen dürfen sie aber nicht mehr führen. In Österreich wurde der Adel ja abgeschafft. Und so heißt die Dame hier nicht Maria Gräfin Waidenburg von Furthenau, wie sie vor hundertfünfzig Jahren geheißen hätte, sondern einfach Maria Waidenburg-Furthenau. Und wem das auch noch zu lang ist, der sagt eben ›die Waidenburgs‹.«

»Ach so«, sagte Pico. »Diese Adelssache. Ja klar weiß ich das. Hatte es nur kurz vergessen.«

»Ich wusste es nicht«, sagte Ahmet. »Wir sind in Geschichte grad bei den Römern.«

»Jedenfalls«, fuhr Juanita fort, »eine sehr katholische Familie. Neun Kinder in allen Größen, Farben und Formen. Der mit dem Henriquatre-Bart dort ist Wenzel, der älteste. Er soll das schwarze Schaf sein. Sitzt immer in der Rosihütte. Trinkt zu viel.« Wie zur Bestätigung schnappte sich der junge Mann mit dem Henriquatre-Bart von einem ihm dargereichten Tablett ein Glas Prosecco und leerte es in einem Zug.

In der Zwischenzeit hatte Dr. Witzigmann die Aufsicht über den Grillbereich an zwei seiner männlichen Freunde übergeben, die sich der Aufgabe mit großem Ernst widmeten. Frau Dr. Witzigmann, die bislang für die Unterhaltung der erwachsenen Gäste zuständig gewesen war, stand lächelnd neben ihm. Pico musste daran denken, dass er die beiden knutschen gesehen hatte, was ihm bei Leuten über zwanzig immer ein wenig abartig vorkam.

»Ein ganz herzliches Willkommen!«, rief Dr. Witzigmann so laut er konnte und schlug mit einem Steakmesser an den großen gläsernen Bierkrug, den er eigens zu diesem Zweck geholt hatte. »Bitte alle herhören!«, fügte er hinzu und versuchte die letzten Schwätzer per Augenkontakt zum Schweigen zu bringen. Endlich war es halbwegs ruhig.

»Also«, hob er noch einmal an, »ganz herzlich willkommen zu dieser kleinen Party, mit der wir den sechzehnten Geburtstag unseres Sohnes Klemens zelebrieren wollen – Applaus!« Alle klatschten brav in die Hände, Werner bellte und Klemens verbeugte sich mit betont komischen Verrenkungen in die Runde.

»Und nun«, fuhr sein Vater fort, »bevor wir das Buffet eröffnen, möchte ich die Regeln für den heutigen Abend erläutern. Es herrscht absolutes – ich wiederhole: absolutes! – Alkohol- und Rauchverbot.« Schallendes Gelächter brach unter den Teenies aus, was damit zusammenhing, dass sämtliche Erwachsene, die um den Redner geschart waren, Proseccogläser in der Hand hielten, und ein paar von ihnen auch noch eine Zigarette in der anderen Hand.

»Hahaha!«, erklang es aus den Reihen der Jugendlichen, »Das gilt dann aber wohl für alle!« oder: »Es lebe die Vorbildwirkung!« Die, die auf den Fingern pfeifen konnten, setzten diese Fähigkeit nun nutzbringend ein. Das Lächeln auf Frau Dr. Witzigmanns Gesicht verrutschte keine Sekunde, als sie hastig ihre Zigarette ausdämpfte. Herr Dr. Witzigmann erkannte, dass er einen Fehler gemacht hatte, und um darüber hinwegzutäuschen, setzte er eine besonders grimmige Miene auf.

»Moment! Moment! Moment!«, rief er und klopfte mit seinem Steakmesser an das Bierglas. Als der ärgste Tumult verebbt war und er sich wieder verständlich machen konnte, sagte er: »Also gut, ihr Witzbolde ...«

»Selber Witzigbold!«, erklang ein dünnes Stimmchen aus der Menge, und das Gepruste ging wieder los. Dr. Witzigmann wartete mit steinernem Gesichtsausdruck, bis sich alle beruhigt hatten. Dann hob er erneut an: »Meine lieben jungen Freunde, ihr wisst ganz genau, was ich meine. Aber ich werde gerne präzisieren: *Für alle Unter-Achtzehnjährigen* herrscht absolutes Alkohol- und Rauchverbot! Sollte ich einen von euch dabei erwischen, wie er raucht oder Alkohol trinkt – und glaubt nicht, dass es hier irgendwo einen Winkel gibt, der meiner Wachsamkeit entgeht –, sollte ich irgendeinen finden, der nach Rauch stinkt oder eine Fahne hat oder in verdächtiger Weise nach Pfefferminz riecht, um etwas davon zu verbergen, und sollte irgendjemand meinen, er brauche nur in die Küche zu gehen und in eine rohe Zwiebel hineinzubeißen, um mich zu täuschen – in all diesen Fällen werden die fürchterlichsten, fürchterlichsten Strafen die Folge sein. – Ja bitte, Ahmet?« Pico sah, dass Ahmet eifrig aufzeigte wie in der Schule.

»Wie genau werden diese Strafen denn aussehen?«, fragte Ahmet interessiert, als würde er sich nach dem Ausgang eines chemischen Experimentes erkundigen.

Dr. Witzigmann nickte. »Das ist eine sehr gute Frage, Ahmet, und ich werde sie dir gerne beantworten. Ich werde den Betreffenden, und natürlich auch die Betreffende, ins Krankenhaus bringen und ihm oder ihr den Magen auspumpen lassen. Das ist eine äußerst unangenehme Prozedur, bei der ein sehr großer Schlauch über den Mund in die Speiseröhre eingeführt wird, bis in den Magen hinein. – Ja, Ahmet?«

»Ähm, auch wenn jemand geraucht hat, lassen Sie ihm den Magen auspumpen?«, fragte Ahmet.

»Aber natürlich«, erklärte Dr. Witzigmann, »wer geraucht hat, hat vielleicht auch getrunken oder noch Schlimmeres geschluckt. Ich lasse euch den Magen auspumpen, Einläufe verpassen, Spritzen und Infusionen geben, das volle Programm. Das wird aber noch lange nicht das Schlimmste sein. Eure Eltern werden in vollem Umfang informiert und sie werden euch noch lange, lange bestrafen. Hausarrest,

Fernsehverbot, Computerverbot, Handyverbot, alles was ihr euch nur vorstellen könnt.« Es war totenstill geworden. Klemens hatte das Gesicht in den Händen vergraben, als könnte er sich dadurch unsichtbar machen.

»Großer Gott«, flüsterte Pico Juanita zu, »und der Mann ist Kinderarzt? Das ist ja zum Fürchten!«

Nachdem Dr. Witzigmann eine Weile die Wirkung seiner Rede genossen hatte, lächelte er und sagte: »Und nun wünsche ich allen gute Unterhaltung!«

»Das Buffet ist eröffnet!«, fügte Frau Dr. Witzigmann hinzu, drehte sich um und kippte ihren Prosecco in einem Zug.

KAPITEL ACHTZEHN

»War ich gut? War ich gut? War ich gut? War ich gut?«, fragte Ahmet in nervtötender Weise und hieb bei jedem »War« Pico seinen Ellbogen in die Seite.

»Ja, du warst unfassbar gut«, bestätigte Pico endlich. Ahmet sprang auf und rannte von einem zum anderen: »War ich gut? War ich gut? War ich gut? War ich gut?«

Um das Buffet herum hatte sich bereits eine dichte Menschentraube gebildet, die von den Mietkellnerinnen nur mühsam unter Kontrolle gehalten wurde.

»Ich muss zusehen, dass ich noch etwas Veganes erwische«, sagte Juanita und machte sich auf den Weg. Pico folgte Juanita. Werner folgte Pico. Die Gäste drängten sich um die bunten Schüsseln, Wärmebehälter und Platten. Es war wirklich alles da, was das Herz begehrte. Die Witzigmanns hatten sich nicht lumpen lassen. Juanita entdeckte Krautfleckerl, Erdäpfelgulasch, Tabouleh und Falafel, von denen die Kellnerinnen hoch und heilig schworen, dass sie vegan seien. Pico bevorzugte einen Nudelsalat mit Salamistückchen. Plötzlich stand Ahmet neben ihnen und deutete mit seiner Gabel auf eine Platte mit gegrillten Koteletts.

»Ist das Schweinefleisch?«, fragte er.

»Ja«, sagte die Kellnerin.

»Ich bin Muslim«, erklärte Ahmet, »ich esse kein Schweinefleisch.« Dann lud er sich eines der Koteletts auf seinen Teller.

»Genial«, sagte Pico anerkennend, »du erweist deiner Religion die Ehre, indem du sagst, dass du kein Schweinefleisch isst. Und du erweist dem Kotelett die Ehre, indem du es isst.«

Ahmet lächelte geschmeichelt. Pico nahm ebenfalls ein Kotelett – für Werner, der geduldig hinter ihm stand und wartete. Als sie wieder zu ihrem Sofa zurückgekehrt waren, fragte Pico Ahmet: »Woher kennst du eigentlich die Witzigmanns?«

»Dr. W. hat mir einmal das Leben gerettet«, erklärte Ahmet feierlich.

»Wie das?«

»Ich bin Mountainbike gefahren – du weißt schon, irre schnell, so mit Springen über Erdhügel und so. Und dann bin ich gestürzt und es macht kraaaach in meiner Hand. Ich schreie wie am Spieß, weil es sauweh tut und ich ganz allein bin, weit und breit kein Mensch. Ich schreie und schreie: Hiiiilfe! Hiiiilfe! Und wer kommt dahergerannt? Klemens. War nicht weit von hier, dort drüben in der Pampa. Klemens also: Was ist passiert? Und ich: Ich sterbe! Kriege gleich einen Herzinfarkt, weil Hand so sauweh tut! Die Hand war schon riesig angeschwollen und dunkelgrün angelaufen. Klemens sagt: Halte durch! Mein Vater ist Arzt! Ich hole ihn schnell! Ich schreie: Geh nicht weg! Lass mich hier nicht verenden! Er rennt trotzdem weg und ich fange an zu beten. Du weißt schon, das letzte Gebet. Aber dann kommt Klemens wieder und Dr. W. ist dabei. Dr. W. nimmt meine Hand und macht irgendwas und sagt: Tut das weh? Tut das weh? Ich schreie wieder wie am Spieß: Na klar tut das weh! Dr. W. sagt: Das Handgelenk ist gebrochen. Dann werde ich voll ohnmächtig.« Sowohl Juanita als auch Pico hatten vergessen, die Gabel zum Mund zu führen. Gebannt starrten sie Ahmet an.

»Und dann?«, fragte Pico.

Ahmet zuckte die Achseln. »Dann wache ich wieder auf. Dr. W. trägt mich. Klemens träufelt mir Wasser auf die Stirn. Sie legen mich ins Auto hinein und fahren mich ins Krankenhaus. Fertig.«

»Krass«, sagte Juanita, »Klemens hat mir gar nichts davon erzählt.«

»Er ist ein Held«, erklärte Ahmet überzeugt, »Helden reden nicht über ihre Taten.«

»War es die linke oder die rechte Hand?«, fragte Pico.

Ahmet hob seine rechte Hand, an der kein sichtbarer Schaden zurückgeblieben war. »Ich konnte zwei Wochen lang nicht in der Schule mitschreiben. Durfte mir alles von anderen kopieren. Es war super.«

Pico schnitt ein Stück von seinem Kotelett ab und hielt die Gabel Werner hin. Vorsichtig nahm Werner das Fleischstück von der Gabel.

»Igitt«, sagte Juanita. »Du hast Hundesabber auf deiner Gabel.«

»Werner und ich stehen uns sehr nahe«, sagte Pico und aß scheinbar ungerührt weiter. Ihm grauste ungeheuerlich, aber er wollte auch irgendetwas Heldenhaftes tun.

»Hey«, sagte Ahmet, »für einen Muslim ist das noch schlimmer. In unserer Religion ist der Hund ein unreines Tier.« Und schon hielt auch er Werner auf seiner Gabel ein Stück Fleisch hin. Wieder nahm Werner es vorsichtig herunter und verschluckte es ohne zu kauen. Ahmet nahm ein weiteres Kotelettstück auf die Gabel und steckte sie sich in den Mund. Pico bewunderte einerseits Ahmets kompromissbereite Haltung in religiösen Fragen, war aber andererseits doch sauer, dass er ihm seine Mutprobe nachgemacht hatte.

»Ihr spinnt doch alle beide«, sagte Juanita. Dann fiel ihr plötzlich etwas ein: »Jetzt haben wir ganz darauf vergessen, deiner Mutter von dem Biberbaum zu erzählen.«

Pico sah auf die Uhr: »Hat keinen Sinn, sie jetzt anzurufen. Wenn sie in ihrem Yoga-Kurs ist, hat sie das Handy abgedreht. Und danach hängt sie normalerweise noch eine Massage an, während der auch keine Anrufe entgegengenommen werden.«

»Was für ein Biberbaum?«, fragte Ahmet.

»In Picos Garten haben Biber einen Baum halb durchgenagt. Wenn der herunterkracht, kann es gefährlich werden«, erklärte Juanita. »Andererseits wird heute Nacht ja wohl niemand mehr am hinteren Ende des Gartens spazieren gehen, oder?«

»Und wenn ein Einbrecher kommt, heimlich durch den Garten schleicht und von dem Baum erschlagen wird?«, fragte Ahmet.

»Dann hat er wohl Pech gehabt«, meinte Juanita.

»Ich will definitiv keine Leiche in meinem Garten«, sagte Pico. »Ich ruf jetzt meinen Vater an.« Er holte das Handy heraus und tippte. Es dauerte eine Weile, bis sein Vater ranging.

»Ja?«

»Hallo Papa, ich muss ...«

»Pico, bist du verletzt?«

»Nein ...«

»Bist du krank?«

»Nein, alles bestens ...«

»Dann kann es warten. Ich bin in einer wirklich wichtigen Sitzung. Ruf nicht mehr an.«

»Aber ...«

Picos Vater hatte aufgelegt.

»Geschenkevergabe!«, »Geschenkevergabe!«, erklangen in diesem Moment einige Stimmen. Rundherum sprangen die Leute auf, um sich um den großen Tisch mit dem weißen Tischtuch zu versammeln, auf dem alle ihre Geschenke abgelegt hatten. Klemens war schon dort. Es schien ihm auf angenehme Weise unangenehm zu sein, so im Mittelpunkt zu stehen.

Frau Dr. Witzigmann klatschte in die Hände. »Aber erst wird gesungen: Happy birthday to youuuu ...«, stimmte sie an. Die Jungen grölten laut mit. Die meisten Mädchen hielten sich die Ohren zu, andere bewegten lautlos die Lippen, nur ein paar versuchten, durch besonders glanzvollen Gesang ihren Ruf als zukünftige begnadete Popstars zu etablieren.

»Danke, danke«, sagte Klemens, als das Ständchen zu Ende war, und verbeugte sich wieder übertrieben in die Runde. Dann riss er auch schon das Papier von dem ersten Paket. Es war ein Luxus-Longboard.

»Ha! Was hab ich gesagt? Boards! Das Wichtigste im Leben eines Jungen«, flüsterte Juanita Pico zu.

»Wo will er denn hier mit dem Board fahren?«, fragte Ahmet, »auf der Schotterstraße vielleicht?«

»Gute Frage«, stimmte Pico zu, der sein Board aus eben diesem Grund in der Stadt gelassen hatte. Man musste mindestens eine halbe Stunde zu Fuß gehen, bis man zu einer Trafik, der Gastwirtschaft »Zur Rosihütte« und einer asphaltierten Straße kam.

Auch die nachfolgenden Geschenke waren teuer. Klemens hielt jedes einzelne hoch, damit es alle gut sehen konnten, und die Leute applaudierten. Derjenige, der das jeweilige Geschenk mitgebracht hatte, trat zu Klemens heran. Dieser klopfte ihm auf die Schulter und sagte: »Danke Mann, echt super.« Auch zu Mädchen sagte er: »Danke Mann.« Nach einem E-Reader, einem Zeiss-Fernglas und einem Paar edler Sneakers wurde es Juanita mulmig.

»Ach du Schande – und ich hab nur ein Glas Chutney für ihn!«, sagte sie. Da hatte Klemens auch schon ihre Geschenktasche in der Hand und das Riesenglas herausgeholt. Wohl oder übel musste Juanita sich als die Schenkerin outen.

»Das ist das beste Chutney der Welt!«, verkündete Klemens und hielt das Glas hoch. »Es wird nicht geteilt und von mir ganz allein aufgegessen!« Die Leute applaudierten, als hätte er eine Oscar-Statue herumgezeigt. Dann sagte Klemens zu Juanita: »Danke Mann!«

Als Picos Geschenk an die Reihe kam, war er heilfroh, keines der staubigen Bücher aus Frau Sebereisens Kinderwagen eingepackt zu haben. Die Kameradrohne stieß auf Klemens' rückhaltlose Begeisterung. »Danke Mann«, sagte er, drückte Picos Hand und klopfte ihm gleichzeitig mit der anderen Hand auf die Schulter, »das ist echt ein super Geschenk.«

»Ich weiß«, sagte Pico. »Ich hab es mir auch gewünscht, aber nicht bekommen. Meine Mutter hält mich für zu jung.«

»Ich sag dir was«, sagte Klemens, »komm doch einfach mal vorbei, wenn du Lust hast, dann lassen wir sie gemeinsam steigen.«

»Danke Mann«, sagte Pico.

KAPITEL NEUNZEHN

Die Party wurde noch sehr lustig, was hauptsächlich daran lag, dass Dr. Witzigmann, der voll und ganz auf die Wirkung seiner Rede zu vertrauen schien, sich mit den anderen Erwachsenen ins Haus zurückzog, um dort eine Weinverkostung zu veranstalten. Einer von Klemens' Freunden war DJ und legte auf. Er verstand sein Handwerk, denn bald wollte keiner mehr sitzen bleiben. Die Möbel wurden von der Terrasse geschoben und diese zur Tanzfläche umfunktioniert. Die älteren Kids tanzten so cool wie möglich, die jüngeren so peinlich wie möglich. Damit hofften sie darüber hinwegzutäuschen, dass sie möglicherweise auch beim Cool-Tanzen peinlich ausgesehen hätten. Von Hip-Hop bis Discofox, von Clowning und Krumping bis Capoeira reichten die Tanzstile. Den Vogel schoss Ahmet ab, als er sich das T-Shirt vom Leib riss und präsentierte, was darunter zu sehen war. Auf seinen schmächtigen Oberkörper hatte er sich mit einem dicken schwarzen Filzstift ein Sixpack und zwei beeindruckende Brustmuskeln aufgemalt. Sofort stürmten andere Jungs das Haus auf der Suche nach Filzstiften, zogen sich die Shirts aus und verzierten sich ebenfalls mit Bemalungen. Dann warfen sie sich am Boden herum in etwas, das sie wohl für Breakdance hielten.

Während die Jüngeren streng nach Geschlechtern getrennt tanzten, begannen sich bei denen, die in Klemens' Alter waren, Mädchen und Burschen zu Paaren zusammenzufinden, die sich in regelrechten Balztänzen voreinander verrenkten. Irgendetwas Befremdliches musste mit dem Menschen zwischen dem vierzehnten und fünfzehnten Lebensjahr geschehen, dachte Pico, und war froh, dass er bis dahin noch ein wenig Zeit hatte.

Gegen elf Uhr trudelten die ersten Eltern ein, um ihre Sprösslinge abzuholen. Auch Picos Mutter kam in jenem entspannten und seligen Zustand, in dem sie nach ihren Yoga-Abenden immer war, der aber nie sehr lange anhielt. Pico war ganz froh, nach Hause gehen zu können. Er hatte sich mit Grillwürsteln, Fleischlaberln und zuletzt am Nachspeisenbuffet so vollgestopft, dass er sich kaum mehr bewegen konnte. Gemeinsam mit Juanita stieg er ins Auto, wo Mariechen tief und fest in ihrem Kindersitz schlief. Werner stand mit hängendem Kopf in der Einfahrt und blickte ihnen traurig nach.

Sie setzten Juanita bei ihren Großeltern ab, fuhren nach Hause und gingen sofort ins Bett. Erst spät in der Nacht wachte Pico kurz auf, als er seinen Vater die Treppe heraufkommen hörte. Und noch später, als die Fasane zu schreien begannen.

Am nächsten Morgen saßen die anderen schon beim Frühstück, als Pico herunterkam.

»Morgen«, sagte er und setzte sich an seinen Platz am Küchentisch. Er schlürfte laut den Milchkaffee, den er seit seinem dreizehnten Geburtstag trinken durfte. Er hatte dieses Privileg mit dem Argument durchgesetzt, dass er sich bei fortwährendem Kaffeeverbot gezwungen sehen könnte, Energy-Drinks zu konsumieren. Und in diesen wäre ja dann deutlich mehr Koffein enthalten als in so einem verdünnten Kaffee. Das hatte seine Eltern überzeugt. Sein Ei köpfte Pico mit einem eleganten Messerhieb. Er fragte sich, wie seine Eltern wohl reagieren würden, wenn er ihnen erklärte, dass er sich ab sofort vegan ernähren wolle. Vegan war das neue Homosexuell. Outete man sich als schwul oder lesbisch, reagierten alle Eltern entspannt und dankten für das Vertrauen. Aber bei vegan gab es schwere Familienkrisen.

»Sagt mal«, sagte Picos Mutter, »hat einer von euch auch heute Nacht dieses laute Krachen gehört?«

Picos Hand mit dem Messer erstarrte in der Luft.

»Was für ein lautes Krachen?«, fragte sein Vater.

»Ich bin nur kurz aufgewacht, dann hab ich weitergeschlafen. Es war irgendwas im Garten, ein Krachen halt«, sagte seine Mutter.

Pico fand keine Worte, aber er klopfte mit dem Messer gegen sein Kaffeehäferl, um sich Gehör zu verschaffen.

»Welche Art von Krachen?«, forschte sein Vater nach.

»Wie ein Feuerwerk? Oder eher wie ein Schuss?«

Picos Mutter überlegte. »Wie eine Art Donner. Aber es gab kein Gewitter. Es dauerte auch nicht sehr lang, es war gleich wieder still. Pico, könntest du bitte aufhören so einen Lärm zu machen?«

»Ich muss euch etwas sagen!«, rief Pico und schleuderte das Messer auf den Tisch. »Es war wahrscheinlich der Baum! Der, den die Biber angenagt haben! Ich wollte es dir gestern am Telefon sagen, Papa, aber du hast mir ja nicht zugehört!«

Picos Eltern starrten ihn an.

»Die Biber haben einen Baum angenagt?«, fragte sein Vater.

»Ja! Juanita und ich haben ihn gefunden! Er war schon fast fertig gefällt!«

»Um Gottes willen Pico«, sagte seine Mutter, »wir hätten alle tot sein können!«

»Weil mir auch nie jemand zuhört!«, rief Pico, »ich wollte es dir ja sagen, Mama, aber dann hast du mit der blöden Party angefangen und dass ich mich umziehen muss und dann bist du weggefahren und dann ...«

»Es ist ja nichts passiert«, beschwichtigte Picos Vater sie, »wir sitzen hier alle vier unverletzt beim Frühstück.«

»Du hast recht«, sagte Picos Mutter, »vielleicht hab ich mir das Krachen ja auch nur eingebildet. Wenn es niemand außer mir gehört hat, könnte es ja auch ein Albtraum gewesen sein.« Pico starrte sie an, dann seinen Vater. Sein Vater starrte ihn an, dann Picos Mutter. Diese starrte vor sich hin auf den Teller. Dann sprangen sie alle drei gleichzeitig auf.

»Wir müssen uns das anschauen«, sagte Picos Vater, hob Mariechen aus ihrem Kinderstuhl und setzte sie sich auf die Schultern. Über die Terrasse rannten sie hinaus in den Garten.

»Wo ist es?«, fragte Picos Vater, und Pico deutete in die Richtung, wo sie den angenagten Baum entdeckt hatten. »Ganz hinten, fast beim Zaun.«

Im Laufschritt durchquerten sie auf den von Pico angelegten Trampelpfaden das hohe Gras, auf dem noch Tautropfen schimmerten. Nach einem kleinen Hain von knorrigen Zwetschkenbäumen sahen sie es: Die große alte Pappel lag zerschmettert mitten im Garten.

Mariechen sagte: »Bragl gamb!«

»Ich kann nur hoffen, dass in der Nacht kein Einbrecher dort vorbeigegangen ist«, sagte Picos Mutter.

Pico gab ihr recht: »Dasselbe hat ein Kumpel von mir gestern auch gesagt. Ich meine, man weiß ja nie, wer sich nachts so auf einem Grundstück herumtreibt.«

Picos Vater schien zu überlegen. »Vielleicht war ein Mörder unterwegs, der unsere gesamte Familie auslöschen wollte. Und dieser Baum ist dann genau im richtigen Moment umgefallen, um es zu verhindern!«

»Ich bitte dich!«, sagte Picos Mutter.

Langsam näherten sie sich dem gefällten Baum. Teile der Krone lagen weit verstreut, da die Äste abgebrochen waren.

Mit unruhigem Kollern patrouillierte einer der Fasane vor dem liegenden Stamm auf und ab.

»Wo ist denn der andere?«, fragte Picos Vater.

»Er wird doch nicht ...« Picos Mutter hatte ihren Satz noch nicht beendet, da war Pico schon losgelaufen. Überall lagen dichte Büschel von hellgrünem Pappellaub. Äste und Zweige waren mit grauen Flechten bewachsen. Der Fasan kollerte und kollerte. Und dann sah Pico den zweiten. Er lag reglos im hohen Gras. Scheinbar unverletzt. An einem weit aufgerissenen Auge erkannte man, dass er tot war. Der nächste Ast lag zwei Schritte entfernt. Er hatte wohl den Fasan erschlagen. Und irgendwie war Pico mit schuld daran.

Er kniete nieder und berührte mit einer Hand das seidige Federkleid. Der Körper darunter war steif und ohne Wärme. Obwohl Pico gar nicht das Gefühl hatte zu weinen, spürte er, wie eine große Träne seine Wange hinunterrann. Ein Schatten fiel auf ihn und er sah auf. Seine Mutter stand über ihm. Sie kniete ebenfalls nieder, schob ihre Hände unter den toten Fasan und hob ihn auf. Pico hatte gehofft, dass er sich bewegen würde, dass er vielleicht noch am Leben und nur in Schockstarre war, aber er hing schlaff auf den Händen seiner Mutter.

»Wo ist Papa?«, fragte Pico.

»Er ist mit Mariechen ins Haus gegangen. Sie soll das nicht sehen«, antwortete seine Mutter.

»Ich versteh das nicht. Ich hab sie doch heute früh noch schreien gehört.«

»Ich auch. Aber es war wohl nur der eine, den wir gehört haben.« Sie sahen zu dem kollernden Fasan, der hin und her lief, hin und her.

»Das ist Discover«, sagte Pico, »und der tote ist Destroy.«

»Dann hat also Discover entdeckt, dass Destroy zerstört ist? Das ist ja fast ein wenig unheimlich«, sagte seine Mutter und stand auf.

»Du meinst doch nicht ...«, stammelte Pico, »ich meine, es kann doch nicht sein, dass das alles nur passiert ist, weil ich ihnen diese blöden Namen gegeben hab?«

»Auf gar keinen Fall«, sagte seine Mutter entschieden, »so funktioniert das Leben nicht. Es war einfach nur ein Riesenpech.«

Sie gingen zurück zum Haus. Picos Mutter trug den toten Fasan auf beiden Händen vor sich her. Pico hatte das Gefühl, dass seine Beine schwer wie Felsen waren. Plötzlich bemerkte er, dass Discover ihnen folgte, und er blieb stehen.

»Weißt du was«, sagte er, »ich glaube, das waren nicht einfach nur Kumpels. Das war ein richtiges Pärchen. Ein schwules Pärchen. Discover hat seinen Lebenspartner verloren.«

»Das kann gut sein«, sagte seine Mutter.

KAPITEL ZWANZIG

Sie bestatteten Destroy an einem schattigen, bemoosten Platz unter dem Holunderbaum. Pico hatte aus Karton eine Schachtel gebastelt, die den Fasan mitsamt seinen langen Schwanzfedern aufnehmen konnte. Er hatte sie mit einem Stück blauem Samt ausgepolstert, Destroy sorgsam darauf gebettet und eine kleine Rose auf ihn gelegt. Auf den Deckel der Schachtel hatte er geschrieben:

> **DESTROY**
> **Fasan und Freund**
> **2017 – 2018**
> **Den Jägern und Schlächtern entkommen,**
> **von Bibern zerstört.**

Sie hatten gewartet, bis Mariechen müde genug für ihren Nachmittagsschlaf war, damit sie von dem Begräbnis nichts mitbekam. Picos Vater hatte unter dem Holunderbaum eine passende Grube ausgehoben. Juanita war auch gekommen, sie hatte einen selbstgeflochtenen Kranz aus Wiesenblumen gebracht, aus dem der Wind, während sie ihn trug, die bunten Blütenblätter blies.

Sie betteten die längliche Schachtel in die Grube und Picos Vater schob mit dem Spaten Erde darauf, bis das Grab geschlossen und ein kleiner Hügel darauf entstanden war. Discover strich um die kleine Trauergemeinde herum und beobachtete alles genau.

»Ich glaube, Fasane sind doch schlauer, als man denkt«, sagte Pico und alle nickten. Zu viert standen sie mit gesenkten Köpfen da, und keiner wusste, was er sagen sollte. Picos Eltern glaubten nicht an Gott und hielten nichts von Religionen. Pico betrachtete dies durchaus als Vorteil, da er nicht in den Religionsunterricht musste und während der Schulmessen ausschlafen konnte. Eine Zeitlang hatte er versucht, an Gott zu glauben, um das Gegenteil von dem zu tun, was seine Eltern taten, doch es war ihm nicht gelungen. Allerdings, stellte er nun fest, hatte man als Atheist bei einem Begräbnis den Nachteil, dass man keine passenden Gebete zur Verfügung hatte. Und Hoffnung auf ein Weiterleben nach dem Tod eigentlich auch nicht.

Da ergriff Juanita das Wort. »Lieber Destroy«, sagte sie feierlich, »es tut uns furchtbar, furchtbar leid. Wir haben uns die ganze Zeit Sorgen gemacht, dass ein Einbrecher durch den Garten gehen und von dem Baum getroffen werden könnte. Dabei haben wir komplett darauf vergessen, dass ja ihr Fasane diejenigen wart, die nachts durch den

Garten gingen. Wir haben dich nicht geschützt, und jetzt ist es zu spät. Du warst ein toller Vogel. Ich werde dich nie vergessen, und auch deinen Namen werde ich nie vergessen. Amen.«

»Amen«, murmelten Pico und seine Eltern verlegen. Juanita legte den Blumenkranz auf das Grab. Picos Vater sah so traurig aus, dass Pico beschloss, ihn doch nicht zu bestrafen – eigentlich wusste er ohnehin gar nicht mehr, wofür. Er war gestraft genug.

Picos Mutter legte den Arm um Picos Schulter und drückte ihn. »Gehen wir jausnen«, sagte sie.

Sie gingen auf die Terrasse, wo ein gedeckter Tisch und belegte Brötchen für das Trauermahl warteten. Picos Mutter entfernte die Frischhaltefolie von den Brötchentellern und schenkte Holunderblütensaft ein.

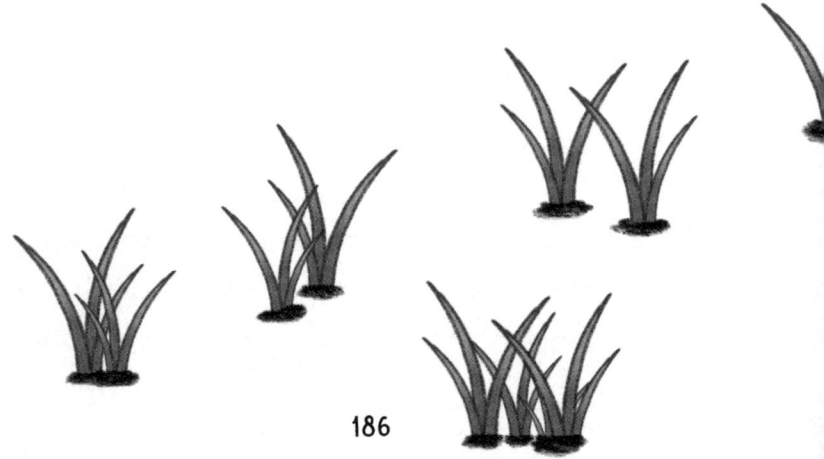

KAPITEL EINUNDZWANZIG

In der Nacht konnte Pico überhaupt nicht schlafen. Es war viel zu heiß und es schien ihm aus Frau Sebereisens altem Kinderwagen zu stinken. Wer wusste, was darin vermoderte: vielleicht eine Mäusekinderstube, über der der Bücherturm zusammengebrochen war.

Er ging auf den Balkon hinaus, um ein wenig Aubrise zu spüren. Die Sterne blinzelten am Himmel und spiegelten sich im samtigen Lackelwasser. Zikaden zirpten und Frösche quakten. Da hörte Pico plötzlich die Stimmen seiner Eltern, die sich leise auf der Terrasse unterhielten. Offenbar konnten auch sie keinen Schlaf finden.

»Magst du noch einen Schluck?«, fragte Picos Vater.

»Ja gerne«, sagte Picos Mutter. »Ich find den wirklich nicht schlecht.«

»Gell?«, sagte Picos Vater. »Der hat sogar irgendeinen Preis gewonnen.«

Es ging dabei schwerlich um Holunderblütensaft, dachte Pico, da wurde Wein getrunken. Naja, es war auch für sie ein schwerer Tag gewesen. War es überhaupt okay, sie so zu belauschen? Aber er lauschte ja gar nicht, er schnappte nur ein bisschen frische Luft.

»Ich hab wirklich gute Lust, Robert zu bitten, mit seinem Gewehr hier vorbeizukommen und diese verdammten Biber abzuknallen«, sagte Picos Vater.

»Du meinst, derselbe Robert, der eigentlich den Fasan abknallen hatte wollen, soll jetzt als sein Rächer erscheinen?«, fragte Picos Mutter. »Ist das nicht ein bisschen paradox?«

Plötzlich hatte Pico das Gefühl, dass es vielleicht doch besser war, wenn er auf seinem Horchposten nicht entdeckt wurde. Er hielt die Luft an und bewegte sich nicht.

»Es geht hier nicht um Logik«, sagte Picos Vater, »es geht um's Prinzip.«

»Ich weiß, mein Schatz, du hast diesen Fasan sehr gemocht«, sagte Picos Mutter. Pico bildete sich ein, nun ein zartes Schmatzen zu hören, das auf eine Busselei hindeutete.

»Diese Biber sind doch eh die reine Pest«, fuhr Picos Vater fort. »Jeder in der Umgebung wäre uns dankbar, wenn wir sie eliminieren würden.«

»Aber du kannst Robert nicht bitten«, protestierte Picos Mutter. »Es ist illegal, ein streng geschütztes Tier abzuschießen. Er könnte seine Jagdkarte verlieren.«

»Er muss sich ja nicht erwischen lassen – prost!«

»Nein nein, das kannst du ihm nicht zumuten. Ich fürchte, du wirst das selbst in die Hand nehmen müssen.«

»Du meinst, ich soll den Biber mit der Schaufel erschlagen?«

»Ich meine, du sollst dir von Robert das Gewehr ausborgen.«

»Aber geh, dann macht er ja erst was Illegales. Er darf doch sein Gewehr nicht herborgen«, sagte Picos Vater.

»Stimmt, also Schaufel«, sagte Picos Mutter.

Man hörte, wie Wein aus einer Flasche in Gläser plätscherte, dann das Klirren der aneinandergestoßenen Gläser.

»Kann man so einen Biber eigentlich grillen?«, fragte Picos Vater.

»Aber ja«, sagte Picos Mutter. »Soviel ich weiß, hat man Biber früher gerne als Fastenspeise gegessen. Da der Biber im Wasser lebt und einen schuppigen Schwanz hat, hat man ihn einfach als Fisch klassifiziert. Und Fisch durfte man auch am Freitag und in der Fastenzeit essen.«

»Ich vermute, er schmeckt wie Kaninchen. Ist ja auch ein Nagetier. Mit etwas Rosmarin sollte es gehen.«

»Ich habe aber gelesen«, sagte Picos Mutter, »dass nur der Schwanz und die Hinterkeulen schmecken sollen.«

»Das glaub ich gern«, sagte Picos Vater. »An den Vorderpfötchen ist nichts dran und der Wanst ist viel zu fett.«

Machten sie Spaß? Sprach der Wein aus ihnen? Waren sie verrückt geworden? Oh Gott, dachte Pico, ich bin in einem Horrorfilm. Urlaub in der Wildnis und meine Eltern drehen durch.

Als er aufwachte, blendete ihn die Sonne. Offenbar hatte er irgendwann doch einschlafen können. Sofort griff Pico nach dem Handy und tippte:

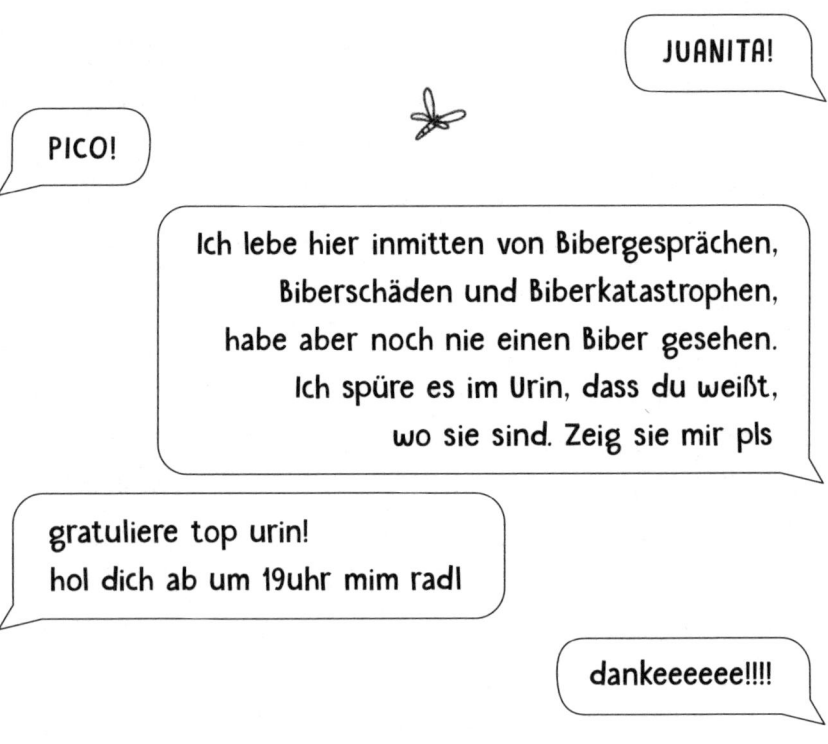

JUANITA!

PICO!

Ich lebe hier inmitten von Bibergesprächen, Biberschäden und Biberkatastrophen, habe aber noch nie einen Biber gesehen. Ich spüre es im Urin, dass du weißt, wo sie sind. Zeig sie mir pls

gratuliere top urin!
hol dich ab um 19uhr mim radl

dankeeeeee!!!!

Um die Zeit herumzubringen und weil er nun schon mal im Entdeckermodus war, beschloss Pico nach dem Frühstück, Frau Sebereisens staubigen, stinkenden Kinderwagen auszuräumen. Stück für Stück nahm er die Bücher heraus und legte sie auf die Kommode, auf einen Stuhl, auf den Boden. Vielleicht war ja sogar etwas Wertvolles darunter? Aber wie erkannte man ein wertvolles Buch? Es stand ja nicht drauf:

»Ich bin wertvoll.« Alt musste es sein, und alt waren sie alle. Vielleicht aber nicht alt genug. Liebesromane, Unterhaltungsromane, Sachbücher über das Bergsteigen, Segeln und Fischen, ein Reisebericht mit vergilbten Fotos von Hinterindien, ein Biografie Julius Caesars, ein zerfallendes Pflanzenbestimmungsbuch. Staub und Moder wolkten auf, Picos Finger wurden schwarz. Einmal rannte sogar ein kleines Insekt davon – ein Bücherskorpion? Tote Mäusebabys fanden sich allerdings nicht, und auch die Bücher schienen nicht weiter bemerkenswert. Gerade als Pico einfiel, dass seine Eltern vermutlich verlangen würden, dass er die Bücher abgestaubt wieder einräumte und es daher besser war, alles schnell wieder so herzurichten, als ob es nie bewegt worden wäre, machte er doch noch einen interessanten Fund: alte Kinderbücher. Märchen, Bärchen, Wurzelkinder, Struwwelpeter, Wichtelgeschichten, Peterchens Mondfahrt ... Sie bildeten die allerunterste Schicht. Pico schätzte, dass es Bücher für Kinder bis ins Volksschulalter waren. Es gab keine Schicht für ein älteres Kind, Jugendbücher, keinen Übergang zu den Erwachsenenbüchern.

Soso, Frau Sebereisen!, dachte Pico: Da haben Sie also nie ein Kind gehabt, aber doch nicht wenige Kinderbücher gesammelt.

Er beschloss, erst mal alles liegen zu lassen und im Falle von elterlichem Einspruch zu behaupten, bei den Bücherhaufen handle es sich um ein wohlgeordnetes Forschungsprojekt.

Nach dem Mittagessen spielte Pico mit Mariechen, schwamm ein paar Runden, sah, dass im Gruppenchat nichts Neues stand, sodass er auch nichts hineinschrieb, um nicht den Eindruck zu erwecken, er hätte als Einziger Zeit, holte sich etwas zu trinken, schmierte sich mit Sonnencreme ein, half seinem Vater beim Aufbau eines Hochbeetes, schwamm noch einmal, duschte und setzte sich schließlich ins Ruderboot, um seine Armmuskeln zu trainieren. Er fuhr Richtung Au und hielt schon einmal nach Bibern Ausschau, obwohl er wusste, dass sie für gewöhnlich untertags nicht hervorkamen. Da sah er plötzlich etwas ganz anderes am Ufer, das mindestens ebenso interessant war: Juanita saß auf einem mächtigen umgestürzten Baumstamm, und neben ihr saß David, der Biologe. Sie waren so ins Gespräch vertieft, dass sie Pico nicht zu bemerken schienen. Weshalb hatten die beiden so getan, als würden sie einander nicht kennen? Was ging hier vor?

KAPITEL ZWEIUNDZWANZIG

Punkt 19:00 Uhr stand Pico abfahrtsbereit vor der Tür, Punkt 19:01 Uhr knirschte Juanita mit ihrem Fahrrad herbei. »Folgen Sie mir!«, sagte sie.

Es ging die Schotterstraße Richtung Au entlang bis zu ihrem Ende, wo sie in einen schmalen Sandweg überging. Hier fuhren sie weiter, bogen nach rechts und links und links und rechts ab, bis Pico den Überblick verlor. Hatte Juanita vor, ihn auszusetzen und schutzlos den nächtlichen Gelsenangriffen zu überlassen? Endlich ließ sie ihr Rad fallen und sagte: »Jetzt gehen wir zu Fuß weiter.«

Pico legte seines dazu und hoffte, dass sie die im hohen Gras versunkenen Räder später wiederfinden würden. Durch ein Gestrüpp aus Weißdorn, Heckenrosen und Holunder führte ein kaum erkennbarer Pfad.

»Da!«, sagte Juanita und deutete auf einen Lehmhaufen im Unterholz, etwa von der Größe einer Kuhflade. »Das ist ein Markierungshügel. Da sprutzeln die Biber das Bibergeil drauf, ihre Markierungsflüssigkeit. Damit geben sie Nachrichten weiter. Zum Beispiel: Das ist mein Revier, Alter!

Oder: Reg dich nicht auf, hier ist nur ein Verwandter vorbeigekommen. Oder: Ich bin paarungsbereit, wie wär's?« Sie kniete sich zu dem Lehmhaufen hin und schnüffelte daran. »Nein«, sagte sie, »heute riech ich nichts. Wenn es ganz frisch ist, kann man es auch als Mensch riechen. Es erinnert an penetrantes Herrenparfum mit Moder, Harz, Vanille, Leder, einem Hauch Achselschweiß und Gammelfisch!«

»Na seavas«, staunte Pico. »So ein Pipi hat nicht jeder.«

»Kein Pipi«, sagte Juanita, »es ist eine eigene Flüssigkeit aus eigenen Körperbeuteln. Haben nur Biber, Männchen und Weibchen. Deshalb wurden sie früher auch gejagt, weil man das Zeug als Medizin verwendete. Soll gar nicht schlecht gewesen sein, so ähnlich wie Aspirin. In der Weidenrinde, die die Biber fressen, ist derselbe Stoff enthalten wie im Aspirin. Salzsäure oder sowas.«

»No way!«, rief Pico und zückte sein Handy. »Ich google das jetzt. Bibergeil Inhaltsstoff. Da: Salicylsäure!«

»Sag ich doch. Und jetzt bleib hinter mir und sei leise!«

Schweigend gingen sie weiter durch das dichte Buschwerk, aus dem ab und zu kleine Vögel aufflogen. Dann standen sie vor einem Wasserlauf, der parallel zum Lackelwasser lag. Er mündete in dieses in einem flachen Trichter, auf dessen Boden man Sand und Algengrün erkennen konnte. Büsche hingen darüber und an manchen Uferstellen stand Gras, das in den Bach hineinwuchs, von der Strömung überspült wurde und eine schöne Unterwasserwiese bildete. An den Böschungen trieben Äste und dünne Baumstämme, unmittelbar vor dem Lackelwasser blockierten ein paar größere Holzstücke den Übergang.

Juanita zwickte Pico in den Oberarm. »Langsam umdrehen«, raunte sie.

Er drehte sich langsam um und sah nun den Bach hinauf. Von links und rechts waren Baumstämme ins Wasser gefallen, manche offenbar schon vor so langer Zeit, dass sie Inseln bildeten, auf denen Pflanzen wuchsen. Die Blockaden wechselten sich ab mit tiefen Becken: Der Bach war in eine langsam fließende Teichkette umgewandelt worden.

»Siehst du ihn?«, flüsterte Juanita. »Er sitzt direkt auf der ersten Sperre und schaut uns an. Dort, wo die Zweige aufgehäuft sind. In der Mitte.« Endlich sah Pico, worauf er schon die ganze Zeit geschaut hatte: Da saß ein riesiges braunes Meerschweinchen und kratzte sich mit langfingrigen Vorderpfötchen den Bauch. Einen ziemlich fetten Bauch. Dann putzte es sich ausgiebig den Kopf, bis er ganz zerstrubbelt war. Schließlich wandte es sich um, glitt in den Teich und war verschwunden.

»Wow«, sagte Pico. »Wahnsinn. Ich hab ihn gar nicht gesehen. Er hat exakt dieselbe Farbe wie die Baumstämme. Genau dasselbe Braun. Er wirkt intelligent. Ich glaub, er hat gecheckt, dass ich ihn entdeckt hab, darum ist er abgehauen. Er hat mir direkt in die Augen geschaut!«

»Beruhige dich«, sagte Juanita. »Vermutlich war das gar kein Er, sondern Gerda. Es ist schwer zu sagen, weil Männchen und Weibchen kaum auseinanderzuhalten sind. Nur im Frühjahr, wenn sie säugen, erkennt man die Weibchen an den Zitzen.«

»Gerda?«, sagte Pico. »Du kennst die persönlich?«

Juanita riss verlegen ein paar Blätter ab. »Ich weiß nicht, wie viel ich dir sagen kann.«

»Du kannst mir alles sagen. Ich hab dich heute mit diesem Biologen gesehen, David. Warum tut ihr so geheimnisvoll?«

»Okay, ich verrat's dir. Du wirst ja wohl nicht zu meinen Großeltern petzen gehen. Aber es ist streng geheim! Ich bin eine Doppelagentin.«

»Bibergeheimdienst?«, fragte Pico.

»Sozusagen. Mein Opa will die Biber fangen.«

»Ist das nicht verboten?«

»Aber sowas von«, bestätigte Juanita. »Wenigstens traut er sich nicht, sie abzumurksen. Obwohl er behauptet, dass er am Dachboden ein Luftdruckgewehr hat und damit eines Tages Recht und Ordnung herstellen wird. Ich hab es aber noch nie gesehen. Er stellt immer wieder Lebendfallen auf unserem Grundstück auf und plant, die Biber über die Grenze nach Ungarn zu bringen und irgendwo am Plattensee auszusetzen. Jedenfalls habe ich ihm erzählt, ich hätte in Bio gelernt, dass Biber am allerliebsten Fisch fressen. Und so legt er Fische in die Fallen. Ein paar Katzen sind schon hineingegangen.«

»Cool«, sagte Pico anerkennend. »Und was hat David damit zu tun?«

»David ist das größte Hassobjekt meines Opas. Ich darf mit ihm nicht sprechen, daher tun wir so, als würden wir uns nicht kennen. David hat mir den Bach hier gezeigt und mir die Biber vorgestellt.«

»Jetzt ist mir alles klar!«, sagte Pico. »Von ihm also hast du deine ganze Bio-Ausbildung! Ich hab mir schon gedacht, dass du das doch nicht alles nur gegoogelt haben kannst ...«

»Erwischt«, sagte Juanita.

»Und worüber hast du heute mit ihm gesprochen?«

»Ich hab ihm die Sache mit Destroy erzählt. Er war sehr erschüttert. So etwas hat er noch nie erlebt. Oder gehört. Es war wirklich ein Riesenpech.« Gemeinsam starrten sie von der hohen Böschung in das Bibergebiet hinein, aber nichts regte sich außer den Blättern im Wind.

»Wenn du untertags herkommst«, sagte Juanita, »kannst du Eisi, den Eisvogel, sehen, der fängt hier gern kleine Fische. Er ist mehr am Vorm–«

»Da!«, zischte Pico und deutete mit dem Zeigefinger, »ist das einer?« Unter dem Wasser glitt eine elegante Form, eine Art Mini-Nessie.

»Ja!«, flüsterte Juanita.

Der Biber stieg in gebührender Entfernung von ihnen an Land und schüttelte sich, bis der Ausstieg triefte. Dann begann er Grünzeug zu mümmeln. Man konnte sein Schmatzen und Knabbern deutlich hören.

»Es ist jetzt dreiviertel acht«, flüsterte Juanita. »Da stehen sie gerade auf, so wie wir in der Früh unseren Kaffee trinken und frühstücken und langsam mit unserer Arbeit beginnen. Das hier ist ihr Wohnzimmer. Sie haben aber auch Baue am Lackelwasser. Und einen auf der Reiherinsel.«

»Kann ich verstehen. Unsereins hat ja auch mehrere Immobilien. Ist das wieder Gerda?«, fragte Pico.

»Schwer zu sagen«, sagte Juanita. »Es könnte auch Flumy sein. Dick sind sie beide.«

»Das sind echt dicke Biber«, bestätigte Pico.

»Ja, ich glaube, es ist Flumy. Er ist heller am Schnäuzchen als Gerda. Die beiden sind die Eltern, ihnen gehört das Revier. Dann gibt es noch die Jungen vom letzten Jahr, die jetzt schon Teenager sind. Wir wissen nicht, ob sie Männchen oder Weibchen sind, aber wir nennen sie Cora und Karo. Und dann gibt es die Jungen vom heurigen Frühjahr, das waren diesmal drei. Sie heißen Santiago, Diego und Valentina.«

»Lass mich raten«, sagte Pico, »die hast du benannt.«

»Korrekt«, sagte Juanita.

»Werden wir die anderen auch noch sehen? Ich will die Babys sehen!«

»Die sieht man eher selten. Cora und Karo sind die Babysitter, sie passen die ganze Zeit streng auf sie auf. Sie sind auch oft auf der Reiherinsel mit den Kleinen zum Tauchen üben. Ja, und dann gab es noch Billy und Berta, die Jungen vom vorletzten Jahr, die mussten heuer gehen.«

»Wohin gehen?«, fragte Pico.

»Naja, nach zwei Jahren werden die Jungen von zu Hause rausgeschmissen und müssen sich ein eigenes Revier suchen, damit es nicht zu voll wird.«

Pico schauderte. »Das wäre ja so, als würden uns unsere Eltern mit achtzehn rausschmeißen! Adieu! Auf Nimmerwiedersehen!«

»Vielleicht werden sie das eh tun«, sagte Juanita. »Genieß die Zeit mit einem Dach über dem Kopf.«

Der Biber hörte zu schmatzen auf und verschwand wieder im Wasser. Pico und Juanita schlugen sich in den Wald, um bachaufwärts vielleicht noch etwas zu sehen.

»Wusstest du, dass Biber nur unter Wasser kacken?«, fragte Juanita.

»Interessant«, sagte Pico. »Über Wasser sprutzeln sie Vanillegeil, unter Wasser kacken sie. Vor meinen Eltern solltest du übrigens defäkieren sagen.«

»Alles klar. Aber wie heißt das Produkt? Defäkt?«

»Keine Ahnung. Stuhl.«

»Jedenfalls wirst du im Wald niemals Biberkacke finden. David hat mir Unterwasserfotos gezeigt. Es sind so Knödel mit Holzsplittern drin.«

»Danke«, sagte Pico, »ich werde hier nie wieder ruhig schwimmen können.«

Im Bach regte sich nichts mehr und es wurde schnell dunkel, sodass sie umkehren mussten. Dennoch war Pico hoch zufrieden mit dem Ausflug: Er hatte zwei dicke, fette Biber gesehen.

KAPITEL DREIUNDZWANZIG

Als Pico in die Küche kam, waren seine Eltern emsig am Kochen.

»Oh!«, sagte er, »heißt das, es gibt heute ein richtiges Mittagessen und nicht nur ein elendes Semmerl mit einer schlappen Käsescheibe drin?«

»Ja«, sagte Picos Mutter, »wenn wir Gäste haben, tun wir so, als ob wir unsere Kinder nicht hungern ließen. Frau Sebereisen kommt. Anscheinend hat es ihr letztens sehr gut gefallen bei uns.«

»Pico!«, rief Picos Vater. »Magst du nicht mithelfen? Weißt du überhaupt, wie man Gurkensalat macht?«

»Woher sollte ich wissen, wie man Gurkensalat macht?«, fragte Pico. »Ihr habt es mir nie beigebracht! Eines Tages werde ich meiner Frau zur Last fallen und sie wird bei euch anrufen und jammern: Wenigstens die Zubereitung eines Gurkensalates hättet ihr ihm beibringen können! Der Mann ist doch ein hilfloses Kind!«

»Komm her, du hilfloses Kind«, sagte Picos Vater, »ich zeig es dir.«

Zwei große Salatgurken wurden geschält und in dünne Scheiben gehobelt. Dann musste Pico sie in ein Sieb geben, das über einem Topf hing, und sie mit Salz vermengen. Dadurch sollten die Gurkenscheiben Wasser verlieren und weich werden. Durch das Sieb tropfte das salzige Gurkenwasser in den Topf.

»Wie lange dauert das jetzt?«, fragte Pico.

»Dreißig Minuten«, sagte sein Vater. »In der Zwischenzeit kannst du die Kartoffeln für den Kartoffelsalat schälen. Dazu grille ich ein paar Forellen.«

»Ich hatte so eine Ahnung, dass etwas gegrillt werden würde«, sagte Pico.

Mariechen saß in ihrem Kinderstuhl und lutschte an einem Stück Banane, das sie gleichzeitig zerdrückte und überall in ihrer Reichweite verteilte. Picos Mutter rührte etwas Schauerliches aus Zucker, Eiern, Weißwein und Zitronensaft zusammen.

»Findest du nicht, dass du diesmal zu weit gehst, Mama?«, fragte Pico. »Kreativität und Experimentierfreudigkeit schön und gut, aber ...«

»Das habe nicht ich erfunden!«, rief Picos Mutter, »aber es ehrt mich, dass du mir das zutraust! Das wird eine Weinschaumcreme, ein klassisches altösterreichisches Dessert. Frau Sebereisen hat sich das gewünscht.«

Plötzlich klingelte es an der Tür. »Nanu?«, sagte Picos Mutter. »Eigentlich sollte sie erst in einer Stunde kommen.«

Picos Vater ging zur Tür und kam mit David zurück in die Küche. »Darf ich vorstellen? Das ist Herr Rischanek von der Stadt Wien, Abteilung Arten- und Biotopschutz.«

»Grüß Gott«, sagte Picos Mutter. »Haben wir etwas angestellt? Ich bin mir keiner Schuld bewusst!«

»Hallo David«, sagte Pico.

»Ihr kennt euch?«, fragte Picos Vater.

»Wir haben uns vor der Reiherinsel kennengelernt. Ich hab euch das eh erzählt. Wo ihr euch so aufgeregt habt.«

»Ach Sie sind also David, der Biologe!«, lachte Picos Mutter etwas übertrieben. »Nein nein, wir haben uns nicht aufgeregt!«

David schmunzelte und bot Picos Eltern das Du an. Er war gekommen, um sein Beileid wegen des erschlagenen Fasans auszudrücken und seine Hilfe anzubieten. Wenn man wolle, könne er jemanden von der Forstdirektion kontaktieren, der Hilfestellung bei der Ummantelung von Bäumen mit Eisendraht leisten könne. Weiters empfehle er die Verwendung von selbstgemachtem Chili-Öl zur Vergrämung der Biber. »Man nehme einen Liter Sonnenblumenöl, rühre eine große Handvoll Chilipulver ein und lasse das Ganze einen Tag in der Sonne stehen. Mit einem Pinsel trage man das für den Biber scheußlich riechende Öl auf Baumstämme auf oder verspritze es auf Hecken.« Allerdings halte dieser Schutz maximal für vierzehn Tage, bei Regen deutlich weniger. »Und wenn etwas übrigbleibt, könnt ihr es auch zum Grillen verwenden.«

»Grillen!«, rief Picos Vater. »Das ist das Stichwort!«

Picos Eltern bedankten sich für die freundliche Beratung und luden David zum Essen ein. Pico richtete den Gurkensalat mit Essig, Öl, Zucker und Pfeffer an und streute etwas Paprikapulver darüber. Als Frau Sebereisen kam, ging man hinaus auf die Terrasse und Picos Vater legte die Forellen auf den Grill.

Pico war froh, dass sich seine Eltern so gut mit David verstanden. Wenigstens würde er kein Kontaktverbot bekommen wie Juanita. Oder täuschten sie nur vor, sich für die Hilfe des Biologen zu interessieren, während sie in Wahrheit einen illegalen Schusswaffeneinsatz planten?

Nach dem Essen ging David mit Mariechen im Garten spazieren und kam mit den Worten zurück: »Ich glaube, das Kind ist ein Genie.« Picos Eltern sahen sich erstaunt an.

»Wie das?«, fragte Picos Vater.

»Sie sagt konsequent zu allen Schmetterlingen Hippihippi und zu allen Käfern Bibbelsna. Bei den Vögeln unterscheidet sie. Der Fasan ist Amgorra, Schwäne und Reiher sind Eibeit. Ich glaube, sie ist dabei, eine eigene Sprache zu entwickeln.« Aus seiner Tasche holte David eine Broschüre über die Tiere der Au. Er nahm Mariechen auf den Schoß und schlug die Seite mit dem Graureiher auf. »Was ist das, Mariechen?«, fragte er.

»Eibeit!«, sagte Mariechen.

»Genial«, sagte David und blätterte zu einem Schmetterling.

»Hippi-hippi!«, krähte Mariechen freudig.

»Ich dachte, Bibbelsna heißt Hirschkäfer«, sagte Picos Mutter.

»Ich denke, es heißt Käfer im Allgemeinen«, sagte David. »Sie hat es auch zu einem Grünrüssler und einem Schwarzblauen Ölkäfer gesagt. Letztere sollte sie übrigens nicht in den Mund stecken. Sie sondern bei Gefahr aus den Poren ihrer Beingelenke eine hochgiftige Substanz ab. Ein Gramm kann sechsundzwanzig Menschen töten.«

»Bibbelsna nein nein!«, sagte Picos Mutter entsetzt zu Mariechen.

»Früher haben wir das einfach alles totgesprüht«, erklärte Frau Sebereisen. »Und den ganzen Biberwahnsinn gab es sowieso nicht. Meine Eltern haben keine Biber gekannt, und meine Großeltern auch nicht. Das heißt, man kannte den Biberpelz. Meine Großmutter väterlicherseits hatte einen Mantel mit Biberbesatz. Kragen und Manschetten aus gerupftem Biber, wunderschön! Aber ich glaube, der war aus Amerika. Hier in Österreich hat man nie einen Biber gesehen.«

»Aber Ihre Ururgroßeltern könnten noch Biber gesehen haben, liebe Frau Sebereisen!«, rief David. »Er war einst in ganz Mitteleuropa verbreitet.«

»Und dann hat man ihn ausgerottet und gut war's«, sagte Frau Sebereisen. Mit Daumen und Zeigefinger simulierte sie eine Pistole, zielte in die Ferne und sagte: »Piff paff!« Dann blies sie zufrieden den Rauch von ihrer Fingerpistole.

»Was meinst du dazu, Mariechen?«, fragte David und schlug in seiner Broschüre die Seite mit dem Biber auf. »Was ist das?«

Mariechen schwieg.

»Das ist ein Bi-ber«, sagte Picos Mutter, »Bi-ber.«

Mariechen lächelte verschmitzt in die Runde.

»Ich glaube, sie muss erst ein Wort erfinden«, sagte David. »Und ich muss jetzt gehen. Ich lass euch die Broschüre da, ist sehr interessant.«

Als die Eltern David zur Tür brachten, sah Pico seine Chance gekommen, Frau Sebereisen ein bisschen auszufragen.

»Sie haben da ja ganz tolle Bücher in dem alten Kinderwagen«, sagte er. »Ich hab sie mir durchgesehen. Sehr interessant!«

»Wirklich?«, sagte Frau Sebereisen. »Kann mich gar nicht erinnern. Das meiste ist wohl von meinem Mann. Mein Fritz war ein großer Leser. Hielt nichts vom Fernsehen. Die Natur und die Bücher, mehr brauchte er nicht.«

»Kann ich verstehen«, sagte Pico einfühlsam. »Es sind auch etliche Kinderbücher dabei. Wem haben die denn gehört?«

Frau Sebereisen schaute interessiert auf die Wiese hinaus, als wäre ihr plötzlich etwas Wichtiges aufgefallen.

»Mein Fritz hat das Gras immer gemäht. Im hohen Gras nisten die Mücken. Für uns wär das nichts gewesen.«

»Meine Eltern wollen die Bienen unterstützen, glaube ich.«

»Aber das ist ja auch gefährlich für das Kleinkind. Wenn das gestochen wird ...«

»Zwischen den Kinderbüchern habe ich sogar einen Bücherskorpion gesehen!«, sagte Pico, um wieder auf sein Thema zurückzukommen. »Ich habe mich gefragt, wem die wohl gehört haben. Alte Märchenbücher und so?«

Frau Sebereisen sagte gleichgültig: »Märchenbücher? Die sind wahrscheinlich auch von meinem Mann. Aus seiner Kindheit. Mein Fritz hat ja alles aufgehoben. Konnte nichts wegwerfen. Ich hab sogar noch eine kleine Dose, die er in der Schule mit der Laubsäge gebastelt hat. Eine wunderschöne Arbeit. Er war wahnsinnig geschickt, mein Fritz. Du kannst dich doch noch an ihn erinnern?«

»Natürlich«, sagte Pico, »ein sehr freundlicher Herr. Wir haben uns immer –«

»Jessas na!«, schrie Frau Sebereisen und sprang auf. »Was ist das denn?« Sie starrte in den Himmel. In diesem Moment kamen Picos Eltern wieder auf die Terrasse und starrten ebenfalls hinauf. Über dem Holunderbaum surrte ein etwa taubengroßes schwarzes Flugobjekt mit vier Rotorblättern.

»Ui, da haben wir uns was Schönes eingebrockt«, sagte Picos Mutter. »Das ist die Drohne, die wir dem Witzigmann-

Buben geschenkt haben. Jetzt kann er uns ausspionieren.«
Sie winkte der Drohne zu, woraufhin diese näher kam, bis
sie direkt über der Terrasse schwebte. Pico winkte ebenfalls,
hüpfte herum und machte ein paar Faxen. Die Drohne wirkte peinlich berührt und entfernte sich wieder.

»Das ist ja scheußlich«, sagte Frau Sebereisen. »Als ob es
hier nicht schon genug echte Viecher gäbe, muss man jetzt
auch noch künstliche loslassen!«

Spät abends, als er schon am Einschlafen war, fuhr Pico
plötzlich hoch. Er schaltete seine Nachttischlampe ein und
saß aufrecht im Bett. Er stand auf und drehte das große
Licht an. Ein Glück, dass er die Bücher nicht wieder in den
Kinderwagen geräumt hatte. Frau Sebereisen war fünfund-
achtzig Jahre alt. Ihr Mann war etwas älter gewesen, also
wäre er jetzt vielleicht neunzig. Somit wäre sein Geburts-
jahr 1929. Fieberhaft blätterte Pico die Kinderbücher durch
und suchte nach Erscheinungsdaten. 1968. 1971. Die jüngs-
te Ausgabe war von 1974, die älteste von 1959.

Das konnten nicht die Kinderbücher von Fritz Sebereisen
gewesen sein. 1959 war er längst erwachsen gewesen.

KAPITEL VIERUNDZWANZIG

Pico saß auf dem Steg und probierte ein paar neue Knoten aus. Es war angenehm bewölkt, sodass man endlich einmal keine Kappe brauchte, um zu verhindern, dass man sofort einen Sonnenstich bekam. Sein Handy machte »bling«. Es war Batman.

> Alarm! ALARM!!!!

> ??

> luc hat mit seiner sehr feschen Nachbarin geflirtet und meine Ma ist komplett ausgezuckt!!!!

> er hat mal was mit ihr gehabt aber er sagt dass es lange aus ist und sie NUR GUTE FREUNDE SIND!!!

> oag! :o

> Gerald ist zu seiner mutter gefahren

kann ihn jetz grad nicht fragen
ob sein vater ein hallodri ist

Hallodri?

wort meiner mutter. Sie sagt auch Weiberer

Ah! Ist selbsterklärend

Hilf mir! ich will Luc behalten!!!

Sei stark!

wtf?

ist das alles?

mehr hast du nicht zu sagen?

wo ist mein support???

na warte. ich weiß, dass in deinem Zimmer
eine blöde juka-Palme steht. du weisst was ich
mit zimmerpflanzen mache, wenn ich sauer bin!!!!!

sei gewarnt!!!!!!!!!!!

»Pico, du hast Besuch!«, rief seine Mutter vom Haus her. Pico wandte sich um. Zu seinem Erstaunen kam eine recht große Delegation die Wiese herab. Klemens, Juanita, Ahmet und Werner, der Labrador. Werners rechte Vorderpfote war in einen dicken Verband gehüllt und er humpelte erbärmlich.

»Hallo?«, sagte Pico.

»Schreck dich nicht«, rief Juanita. »Es ist nur ein ganz normaler Besuch aus Langeweile.«

»Na Gott sei Dank.« Werner kam sofort zu ihm und schleckte ihm zärtlich die Hand ab. »Was hat der Hund nur mit mir?«, fragte Pico.

»Wahrscheinlich schmeckst du nach Schinken«, sagte Klemens.

»Ich schmecke sicher nicht nach Schinken. Ich bin so gut wie vegan.«

Juanita warf ihm einen erstaunten Blick zu. Klemens lachte spöttisch: »Ja klar – Mister Kann-ich-bitte-eine-Käsekrainer-zu-meinem-Fleischlaberl-haben!«

»Das war mein altes Ich!«, erklärte Pico würdevoll.

Wie sich herausstellte, war Juanita bei Klemens zum Lernen gewesen. Danach wollten sie sich noch ein wenig die Beine vertreten und hatten auf der Schotterstraße Ahmet getroffen. Dieser war gerade auf dem Weg zu Pico, um zu fragen, ob er das Ruderboot ausleihen dürfe. Also hatte man spontan entschieden, sich ihm anzuschließen und Pico ebenfalls einen Besuch abzustatten.

»Und, wie geht es deinem Englisch?«, fragte Pico Juanita.

»Thanks for asking«, sagte Juanita, «my English is improving. Klemens is an excellent teacher.«

«Not bad!«, rief Pico anerkennend.

«Holy shit!«, stimmte Ahmet zu. »Übrigens, Pico, ich hab dir Dut Pekmezi mitgebracht! Geschenk meiner Mutter! Hab's in der Küche bei deiner Mutter gelassen!«

»Danke«, sagte Pico. »Das ist urnett. Aber was ist das?«

»Du weißt schon, Sirup von den kleinen Gummibären!«

»Ah, die Maulbeeren! Das freut mich echt. Ich liebe besondere Getränke.«

»Aber es ist kein Getränk. Es ist wie Honig, du musst es auf's Brot schmieren. Schmeckt super.«

»Interessant – ein Schmiersirup. Bin schon gespannt. Das wär aber nicht nötig gewesen. Du kannst auch so mein Boot verwenden, wenn du magst.«

»Jetzt gleich?«

»Klar.«

Ahmet sprang ins Boot. Pico löste das Anlegetau und gab dem Boot einen Schubs. Ahmet kämpfte mit den schweren Rudern, riss ein paar Teichrosen ab, fuhr platschend und im Zick-Zack-Kurs.

»Beide Ruder gleichzeitig!«, rief Pico. »Synchron! Aber keine Sorge – bei mir hat es am Anfang auch so ausgesehen! Alles eine Frage der Übung!« Dann setzte er sich wieder zu den anderen auf den Steg.

»Und, wie hat es dir neulich bei uns auf der Terrasse gefallen?«, fragte Pico Klemens.

»Was meinst du? Wann soll ich bei euch auf der Terrasse gewesen sein?«

»Ich meine mit der Drohne. Frau Sebereisen hat einen Riesenschreck bekommen. Und ich hab einen exotischen Begrüßungstanz für dich aufgeführt.«

»Das war ich nicht«, sagte Klemens. »Das muss meine Mutter gewesen sein. Sie spielt die ganze Zeit mit der Drohne herum, ich komm kaum dazu, sie selbst zu verwenden. Fantastische Perspektiven!, sagt sie. Sie will sich jetzt eine eigene mit einer besseren Kamera kaufen und tolle Luftaufnahmen für ihr Insta machen.«

»Deine Mutter?«, sagte Pico schaudernd. »Ich habe vor dieser Drohne den peinlichsten Tanz der Welt aufgeführt! Jetzt muss ich vor Schande sterben.« Klemens und Juanita amüsierten sich sehr und verlangten, dass Pico den Tanz für sie wiederhole, aber er weigerte sich.

»Was ist eigentlich mit Werner passiert?«, fragte er und deutete auf die einbandagierte Pfote.

»Tja«, sagte Klemens, »es war meine Schuld. Und die eines Bibers.«

Klemens war mit Werner in die Au gegangen, wobei dieser, wie es seine Gewohnheit war, ab und zu ins Wasser sprang, um eine Runde zu schwimmen. Irgendwann hatte Klemens das Gefühl, dass die Runde ungewöhnlich groß ausfiel. Weiter und weiter weg schwamm der Labrador. Und dann sah Klemens einen anderen schwimmenden Kopf mit braunen, fettigen Haaren. Erst dachte er, es handle sich um einen Menschen, den Werner erkannt hatte und begrüßen wollte, aber dann sah er, dass auch das Gesicht des Fremden mit braunen, fettigen Haaren bedeckt war. Nun dämmerte es Klemens, dass es sich um einen Biber handeln musste. Er rief: »Werner! Werner! Hierher! Zu mir!«, aber Werner tat so, als würde er ihn nicht hören. Immer näher schwamm er an den Biber heran. Ein lautes Klatschen ertönte: Der Biber schlug mit dem Schwanz auf die Wasseroberfläche, wohl um den Hund zu vertreiben. Und dann war auf einmal ein fürchterliches Fiepen und Winseln zu hören und ein fürchterlicher Aufruhr im Wasser zu sehen. »WERNER, ZU MIR!«, schrie Klemens und nahm an, dass der Hund den Biber verletzt hatte, denn auch Werner war kein Heiliger und hatte schon so manches Nagetier gemeuchelt. Doch als das Wasser sich beruhigt hatte, war der Biber verschwunden und Werner schwamm ganz komisch und verdattert und leise wimmernd zurück. Seine rechte Vorderpfote war übel zugerichtet, sodass es eine Tortur war, ihn zur Schotterstraße zu bringen, wo Klemens' Vater sie dann mit dem Auto abholen konnte.

Pico bemerkte, dass er Werner während dieser Erzählung so intensiv gestreichelt hatte, dass seine Hand voll von schokoladebraunen Haaren war.

»Aber wieso war es deine Schuld?«, fragte er Klemens.

»Ich hätte den Hund in der Au nicht von der Leine lassen dürfen. Meine Eltern sind da sehr streng. Jäger halt. Aber ich hab ja aufgepasst, dass er keine Jungvögel aufstöbert oder sonst einen Blödsinn macht. Und dass beim Schwimmen etwas passieren kann, hätte ich mir auch nicht träumen lassen. Außerdem war es noch nicht mal Abend, normal sind da doch keine Biber unterwegs.«

»Der Biber hat sich wohl bedroht gefühlt«, sagte Juanita. »Für ihn ist Werner ja ein Wolf.«

»Ein Wolf, der sich nicht mal verteidigen kann«, sagte Pico und tätschelte Werner, der sich zum besseren Gestreicheltwerden auf den Rücken gewälzt hatte, den Brustkorb.

»Moment!«, sagte Klemens, »zu seiner Ehrenrettung: Wie ich nun erfahren habe – natürlich wird man immer erst im Nachhinein aufgeklärt von den Herrschaften Eltern –, also wie man mir nun mitgeteilt hat, ist der Hund im Wasser immer der Unterlegene. Jeder Hund, nicht nur Werner! Der Biber schwimmt und taucht wie eine Unterwasserballerina und beißt dabei mit seinen Holzfällerzähnen zu. Der elend paddelnde Hund kann da nicht mithalten.«

»Oioioi«, »armes Hundsel«, »so ein patschertes Wernilein«, sagten alle drei und streichelten Werner gemeinsam, der seine verletzte Pfote erbärmlich in die Luft streckte und ein wenig zittern ließ, um das Bemitleidetwerden möglichst lange auszudehnen.

»Aber!«, fuhr Klemens fort, »aber! Noch viel saurer als auf mich sind meine Eltern auf den Biber. Auf alle Biber. Sie schimpfen in einer Tour über die Tierarztkosten und verlangen Bejagung und Entnahme.«

»Entnahme ist ein schönes Jägerwort für Abmetzelung«, erklärte Juanita.

»Ah! Ich dachte schon, sie wollen dem Biber irgendwelche Organe entnehmen«, sagte Pico.

»Sie wollen der Au Gerda und Flumy entnehmen«, sagte Juanita düster, »und vielleicht auch noch Cora und Karo. Und am Ende Santiago, Diego und Valentina!«

»Die ganze Nachbarschaft ist auf den Barrikaden«, sagte Klemens. »In der Rosihütte ist die Hölle los. Es wird über nichts anderes mehr geredet: Die Biber müssen weg!«

»Meine Großeltern sind live dabei«, fügte Juanita hinzu. »Jeden Nachmittag geht es ab zur Besprechung in die Rosihütte. ›Man darf sich nicht von irgendwelchen Beamten gängeln lassen, die können uns doch nicht vorschreiben, was wir abschießen dürfen und was nicht, man ist ja nicht einmal mehr Herr im eigenen Garten‹ ...«

Ein lauter Rums und eine leichte Erschütterung ließen sie aufblicken. Ahmet war zurückgekehrt und versuchte anzulegen, dabei war das Boot in den Steg gekracht.

»Rudern ist ziemlich cool«, rief Ahmet, »aber ein Motor wäre auch nicht schlecht.« »Motor ist was für Weicheier«, sagte Pico und machte das Boot fest. Ahmet sprang auf den Steg und hampelte ein wenig herum, um seine auf der Ruderbank eingeschlafenen Beine wieder aufzuwecken.

»Wir reden gerade über die biberfeindliche Stimmung in der Nachbarschaft«, sagte Juanita. »Wie sehen das deine Eltern eigentlich?«

»Was? Biber?«, fragte Ahmet. »Ich glaube, sie finden es viel natürlicher, einen Biber im Freien zu finden als einen Hund in einer Wohnung.« Er tätschelte Werner, der seinen Kopf auf Picos Oberschenkel gebettet hatte.

»Bitte erzähl ihnen nicht, dass Werner in meinem Bett schläft – vorausgesetzt, er ist trocken«, sagte Klemens.

»Der Zug ist abgefahren«, sagte Ahmet, »ich hab ihnen schon erzählt, wie du ihn von deinem Eis abschlecken lässt!«

»Jedenfalls«, sagte Juanita, »regen sich ganz viele Leute in der Gegend über die Biber auf, obwohl sie es bestimmt ganz toll fänden, Biber eingesperrt in einem Zoo zu sehen, wo sie dann am Sonntag mit ihren Kindern hingehen könnten und sagen: Schau, wie toll der schwimmt! Schau, wie geschickt der baut! Schau, wie süß der Karotten frisst!«

»Hat sich Werners kleiner Unfall schon herumgesprochen?«, fragte Ahmet.

»Ja«, sagte Juanita. »Hier spricht sich alles schnell herum. Aber es hat schon mit dem Fasan angefangen. Dabei hat das alles gar keine Logik. Bringt der Mensch einen Fasan um, ist es voll okay. Bringt ein Hund einen Fasan um, ist er ein elender Mörder, darf aber weiterleben. Nagt ein Biber einen Baum an, der durch einen blöden Zufall einen Fasan erschlägt, muss er getötet werden.«

»Meine Eltern haben sich eh gewundert, dass ihr den Fasan nicht einfach gegessen habt«, sagte Klemens zu Pico. »Wenn der seit ein paar Stunden tot ist, macht das gar nichts.«

»Als ob ich Destroy essen hätte können«, sagte Pico. »Wahrscheinlich werde ich nie wieder einen Vogel essen können. Wie gesagt, ich bin so gut wie vegan.«

»Wie geht's eigentlich Discover?«, fragte Juanita.

»Er wildert sich gerade selbst aus«, sagte Pico, »und macht seinem Namen alle Ehre: Er entdeckt die Au. Aber er kommt regelmäßig in den Garten zurück und lässt sich immer noch streicheln. Meine Mutter hat jetzt endlich die Körner gefunden, die er mag: Hirse. Die holt er sich ab. Ich glaube, er ist über den größten Schmerz hinweg.«

KAPITEL FÜNFUNDZWANZIG

Ein paar Tage später hatte sich Frau Sebereisen erneut zum Kaffee angekündigt.

»Schon wieder?«, sagte Picos Vater. »Ihr scheint es ja wirklich sehr gut bei uns zu gefallen!«

»Am Ende will sie noch ihr Haus zurück haben!« Picos Mutter lachte nervös.

Nach dem Mittagessen ging Pico hinauf in sein Zimmer und betrachtete die aus dem Kinderwagen ausgeräumten staubigen Bücher, die sich in Kombination mit den überall verteilten Kleidungsstücken, halbleeren Chipspackungen, angebissenen Semmeln, Pfirsichkernen, ausgeschütteten Säften und madenhervorbringenden Biologieexperimenten schön langsam zu einer Art Ursuppe verbanden. Seine Eltern hatten das Zimmer schon lange nicht mehr betreten, und das war gut so. Vielleicht würden sie es nun genauso selten besuchen wie die entlegenen Abschnitte des Gartens und es auch genauso betrachten: als Wildnis, die man in Ruhe lassen soll. Allerdings begann die Situation für ihn selbst langsam unangenehm zu werden. In seinem

Bett häuften sich klebrige Stellen und beim Barfußgehen trat er immer wieder auf Dinge, die sich schmerzhaft in die Fußsohlen bohrten. Möglicherweise musste man als Mensch doch ein wenig in die Verfallsprozesse der Natur eingreifen, dachte Pico. Als erste Maßnahme hob er ein Buch vom Boden auf und legte es auf den schiefen Stapel, der auf dem Stuhl gekonnt ausbalanciert war. Dann setzte er sich erschöpft auf das Bett. In diesem Moment klopfte es an der Tür.

»Herein, wenn's sein muss!«, rief Pico.

Zu seiner Überraschung kam Frau Sebereisen herein. »Grüß dich Gott, Pico.«

»Grüß Gott, Frau Sebereisen.« Hatten seine Eltern die alte Dame geschickt, damit sie ihm wegen der Unordnung die Leviten las? Es sah ganz danach aus. Sie ging umher. Sie blickte sich um. Sie nahm Dinge in die Hand. Schnell schob Pico mit dem Fuß ein Knäuel aus gebrauchten Unterhosen und Socken unter das Bett.

»Ah!«, rief Frau Sebereisen plötzlich. »Die Wurzelkinder! Das habe ich lange nicht mehr gesehen.« Sie hatte eines der alten Kinderbücher genommen und blätterte darin. »Schau Pico!« Sie setzte sich auf die Bettkante und deutete ihm, dass er sich zu ihr setzen sollte. »Sieht das nicht ganz so aus wie hier?«

Auf der Seite, die sie aufgeschlagen hatte, war eine Wasserfläche zu sehen, an deren Rand hohe Gräser, Vergissmeinnicht und eine gelbe Teichlilie standen. Acht Kinder spielten dort, die winzig klein sein mussten, denn zwei von ihnen saßen auf Seerosenblättern und eines streichelte einen Wasserkäfer, der fast so groß war wie es selbst. Ein anderes hob die Händchen zu einer Libelle, auf der es mühelos reiten hätte können.

»Das sind die Wurzelkinder«, erklärte Frau Sebereisen, »so eine Art Wichtel. Sie werden von der Mutter Erde, einer alten Frau, im Frühling beauftragt, schöne Kleider für die Blumen zu nähen und die Käfer bunt anzumalen. Im Sommer können sie dann spielen.«

Ja, es sah tatsächlich so aus wie am Lackelwasser, nur dass man dort noch keine Wichtel gesichtet hatte.

»Das war die Lieblingsseite von meinem Peter in diesem Buch«, sagte Frau Sebereisen. Pico war wie elektrisiert. War Frau Sebereisen etwa zwei Mal verheiratet gewesen und hatte vor ihrem Fritz noch einen Peter gehabt? Und hatte sie die Kinderbücher ihres Peters, den sie nicht vergessen konnte, hier vor ihrem Fritz versteckt?

»Ein schönes Bild«, sagte Pico. »Ich mag, wie diese zwei roten Blumen als Rahmen dienen.«

Frau Sebereisen schlug das Buch zu. »Also gut«, sagte sie. »Bringen wir es hinter uns. Du hast in meinen Wunden herumgestochert und jetzt sind sie offen. Also kann ich auch gleich darüber reden, mehr wehtun wird es dadurch auch nicht mehr. Ich werde dir alles erzählen und dann ist die Sache erledigt und wir sprechen nie wieder davon. Einverstanden?«

Pico nickte heftig.

»Ich habe dich nicht angelogen, als ich dir sagte, dass ich nie einen Sohn hatte. Leider konnten mein Fritz und ich keine Kinder bekommen, wir haben es jahrelang versucht. Den Kinderwagen habe ich geschenkt bekommen, sozusagen um ein Baby zu motivieren, sich auf den Weg zu machen, aber es half nichts. Irgendwann haben wir uns dann entschlossen, ein Pflegekind aufzunehmen. Das ist eine heikle Sache, weil du es vielleicht nicht behalten darfst. Es kann sein, dass du es nach einiger Zeit, wenn du es schon liebst wie ein eigenes Kind, der leiblichen Mutter zurückgeben musst. Vielleicht war die Mutter krank und ist dann wieder gesund geworden, deshalb. Trotzdem wollten wir es riskieren, etwas Gutes tun. Einem armen Kind ein Zuhause geben. Außerdem war ich schon vierzig Jahre alt, da konnte man die Hoffnung auf eigene Kinder schön langsam aufgeben. Ja, und so ist Peter zu uns gekommen.«

»Peter war Ihr Pflegesohn?«, fragte Pico. »Dann ist die Geschichte also doch wahr?«

»Ich weiß nicht, was die Leute erzählen«, sagte Frau Sebereisen. »Es ist mir auch egal. Peter war nicht einmal ein Jahr bei mir. Ein außerordentlich liebes Bübchen. Er hat sich von Anfang an an mich angeschlossen. Fünf Jahre war er alt. Schon nach ein, zwei Tagen war er mir so ans Herz gewachsen, dass ich ihn nie wieder hergeben wollte. Er hat sich so gefreut über jede Kleinigkeit. Ein Stück Ribiselkuchen, ein Ausflug in den Tiergarten, ein Feuerwehrauto zum Spielen. Ich habe immer versucht, ihn zum Lachen zu bringen. Er hat ja vorher nicht viel zum Lachen gehabt, seine Eltern waren beide schwere Alkoholiker. Ich wollte alles richtig machen. Hab ihm Bücher gekauft, Essen gekocht, die Haare geschnitten und einen Janker gestrickt. Und dann hab ich doch alles falsch gemacht, so falsch, wie es nur geht. Ein bisschen war eine Bekannte von mir mitschuld, die zwei kleine Kinder hatte. Sie hat immer damit angegeben, was die schon alles können. Die Sechsjährige hat mehr oder weniger schon den halben Haushalt geführt und der fünfjährige Sohn hat Großeinkäufe erledigt. Also dachte ich mir, das kann mein Peterle doch auch. Aber schwer schleppen soll er nicht. Nur die Zeitung soll er holen. Von der Trafik neben der Rosihütte. Aber er ist nie wieder zurückgekommen. Ein Auto hat ihn erwischt.«

»Das ist ja schrecklich«, sagte Pico.

»Ja. Und es ist nicht mehr zu ändern. Ein Fehler und alles ist vorbei. Mein Fritz hat oft gesagt: Es war kein Fehler, sondern ein Unglück. Aber bei fast jedem Unglück sind auch Fehler gemacht worden. Ich hab einen Fehler gemacht, der Autofahrer hat einen Fehler gemacht.«

»Meine Eltern haben mich bis zur zweiten Volksschulklasse in die Schule gebracht und wieder abgeholt«, sagte Pico. »Ich durfte keinen Meter alleine gehen.«

»Siehst du!«, rief Frau Sebereisen, »so macht man das heute. Früher hat man den Kindern mehr Freiheit gelassen. Man wollte, dass sie früh selbstständig werden. Dass sie durch Fehler lernen, selbst auf sich aufzupassen. Im Straßenverkehr, beim Schwimmengehen, beim Angreifen einer heißen Herdplatte ...«

»Naja, aber ein tödlicher Fehler ist schon blöd«, sagte Pico.

»Ich weiß. Ich weiß. Du brauchst es mir nicht noch reinzureiben.«

Sie schwiegen eine Weile. Dann fragte Frau Sebereisen: »Und? Hast du schon eine Lieblingsstelle hier im Garten?«

»Ja«, sagte Pico, »die kleine Badebucht ganz hinten beim Zaun.«

»Ah! Die mit dem Sandstrand? Wie in Rimini, haben wir immer gesagt. Mein Fritz und ich haben dort oft nackt gebadet.«

Verlegen knetete Pico seine Finger.

Frau Sebereisen boxte ihn gegen die Schulter. »Jetzt hab dich nicht so! Unglaublich, wie spießig die Jugend von heute ist!«

»Es tut mir leid, dass ich Sie wegen Ihres Sohnes gelöchert habe«, sagte Pico.

»Naja, jetzt ist aber auch Ruhe mit der Geschichte. Ich will nie wieder was davon hören.«

»Darf ich es meinen Eltern erzählen?«

Frau Sebereisen überlegte. »Na gut. Vor seinen Eltern soll man keine Geheimnisse haben. Aber wenn du es tust, musst du ihnen sagen, dass sie es nicht weitererzählen dürfen.«

»Ich glaub, ich erzähl es ihnen nicht. Meine Mutter hat einen starken Hang zum sozialen Austausch. Sie redet mit allen möglichen Leuten und dabei rutscht ihr vielleicht mal was raus, was man ihr im Vertrauen gesagt hat.«

»Wenn ich tot bin, kannst du es allen erzählen.«

»Aber Sie sterben doch nicht, Frau Sebereisen!«, sagte Pico.

»Na schauma mal«, sagte Frau Sebereisen.

KAPITEL SECHSUNDZWANZIG

Nach dem Kaffee verabschiedete sich Frau Sebereisen, um in der Rosihütte noch ein paar alte Bekannte zu treffen. »Wir haben uns lange nicht gesehen«, sagte sie, »und viel zu erzählen! Außerdem wird über das Mistviehmanagement gesprochen. Was diese Biber hier angerichtet haben! Wenn ich an das kleine Grab in Ihrem Garten denke!« Erschüttert blickte sie zum Holunderbaum hinüber, wo Destroy seine letzte Ruhestätte gefunden hatte. Picos Vater fuhr Frau Sebereisen mit dem Auto zur Rosihütte. Pico und seine Mutter blieben mit Mariechen auf der Terrasse zurück.

»Was habt ihr denn so lange geplaudert, ihr zwei?«, fragte Picos Mutter neugierig.

»Frau Sebereisen wollte sich die alten Bücher durchsehen«, sagte Pico wahrheitsgemäß. »Und sie hat mir Dinge erzählt, die ich nie wissen wollte. Sie hat mit dem alten Fritz am Lackelwasser nackt gebadet! Ich werde diese schrecklichen Bilder nie wieder aus dem Kopf kriegen!«

»Meine Güte«, sagte Picos Mutter. »Erstens dürfen auch alte Menschen nackt baden, und zweitens war das vielleicht schon in den Siebzigerjahren. Da waren die beiden so jung und knackig wie wir.«

»Wer wir?«

»Dein Vater und ich!«

»Mehr Knackwurst als knackig!«, sagte Pico.

Seine Mutter warf mit einem Frisbee nach ihm, das von einem gütigen Windstoß abgefangen und in die Wiese gelenkt wurde. »Übrigens werden wir heute Abend in die Stadt fahren. Wir sind bei den Schwabenitzkys eingeladen. Das ist dieses nette Ehepaar mit dem kleinen Buben in Mariechens Alter. Die Rösslhubers werden auch dort sein, an die erinnerst du dich doch? Jedenfalls bist du herzlich eingeladen mitzukommen.«

Pico, der sich weder an die Schwabenitzkys noch an die Rösslhubers erinnern konnte, lehnte dankend ab. »Ich bleib lieber hier«, sagte er. »Ich will noch rudern.« Und das wollte er wirklich. War es möglich, dass Rudern sein Ding war?

Als seine Eltern mit Mariechen aufgebrochen waren, legte sich die Abendsonne noch einmal ins Zeug und Pico sich in die Riemen. Er fuhr zur Reiherinsel hinaus, wo die Schildkröten die letzten Sonnenstrahlen genossen, die Kormorane ihre weit ausgebreiteten Flügel trockneten und die Graureiher nachdenklich herumstanden. Nachdem er eine große Runde gedreht hatte, fuhr er wieder zurück und machte sich in der stillen, leeren Küche ein Brot. Was sollte er nun anfangen mit dem angebrochenen Abend?

Er schrieb an Klemens:

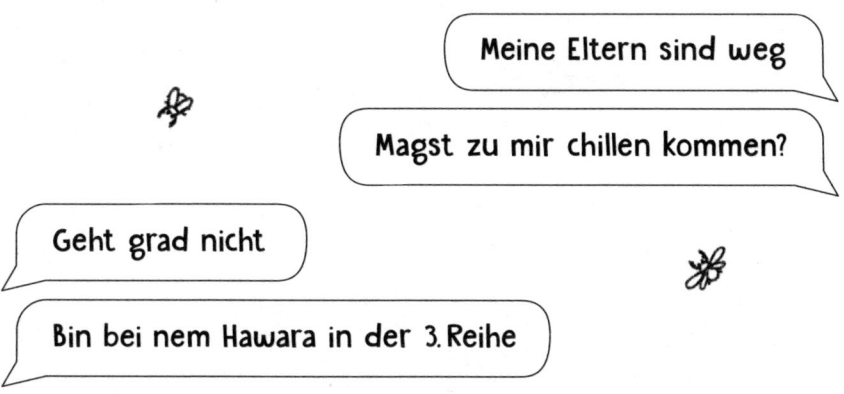

Meine Eltern sind weg

Magst zu mir chillen kommen?

Geht grad nicht

Bin bei nem Hawara in der 3. Reihe

In der 3. Reihe wohnten jene bedauernswerten Menschen, die keinen privaten Wasserzugang und nicht einmal einen Blick auf das Wasser hatten.

Was machts?

Dominion spielen. Magst kommen?

Kartenspiel?! Na danke

Vielleicht bist du noch zu jung dafür, mein Kind

i geb dir glei a Kind!!!!!

bitte nicht :D

Pico schrieb an Ahmet:

Meine Eltern sind weg

Lust bei mir zu chillen?

sry geht grad nicht

familienfeier

mein kusö hat führerschein!

Cousin?

whatever!

Vielleicht konnte sich ja Juanita loseisen. Außerdem ging Pico ein Satz im Kopf herum, den ihm Frau Sebereisen beim Kaffee zugeraunt hatte: »Übrigens, wenn du einmal eine junge Dame auf dein Zimmer einladen willst, musst du es unbedingt vorher aufräumen, sonst rennt sie schreiend davon!« Dies hatte in ihm eine Idee keimen lassen: Er wollte Juanitas Besuch nutzen, um sich zu motivieren, das Zimmer aufzuräumen.

Meine Eltern sind fort

Bin den ganzen Abend allein

Magst du vll vorbeikommen und dir mein Zimmer anschauen?

creepy!!!!

deine eltern sind weg und ich soll mir dein zimmer anschauen???

Nimm deine Badesachen mit :)

nachher zeig ich dir noch meinen geheimen Badeplatz :))))

oida weisst du wie creepy du bist

aber pass bloß auf

ich kann mich anschleichen wie ein gespenst

plötzlich steh ich vor dir und dann blearrst!!!

plärrst heißt das

229

> creepy geek oida

> Bitte! Im Ernst! Wenn du kommst, bin ich motiviert, mein Zimmer aufzuräumen und du hast ein gutes Werk getan!

> na gut

> meine großeltern sind eh in der rosihütte um mit der meute über die biber abzulästern

Bald war das Zimmer aufgeräumt und Juanita eingetroffen, um es zu begutachten.

»Nice«, sagte sie. »Der Blick auf das Wasser ist formidabel.«

»Findest du, dass es stinkt?«, fragte Pico.

Juanita schnupperte herum. »Ein Hauch von Stinkesocke schwebt über diesem Raum«, bestätigte sie.

»Nicht mehr lange«, sagte er, »alle Stinkesocken wurden verbrannt.«

Als sie zum Badeplatz gingen, wurde es bereits dämmrig.

»Stell dir vor«, sagte Juanita, »meine Großeltern wollen deinen Eltern anbieten, euer Grundstück ›gratis mitzupflegen.‹«

»Was heißt das?«, fragte Pico.

»Sie kommen mit dem Rasenmäher und der Hecken-schere und räumen hier mal so richtig auf!«

Sie kamen an der gefällten Pappel vorbei, die dort wohl ewig liegenbleiben würde, wie Pico seine Eltern kannte.

»Und mit einer Kettensäge!«, sagte Juanita. »Den Baum muss man in Scheibchen schneiden und abtransportieren!«

Durch das Unterholz führte ein schmaler Trampelpfad zum Sandstrand. Sie zogen die Kleider aus, unter denen sie Badesachen anhatten. Sorgfältig legte Juanita die Brille auf ihren Stapel. Dann liefen sie ins Wasser und schwammen hinaus. Nach einer Weile hörte Pico ein leises Schnurren und blickte hoch. Über ihnen flog die Drohne vorbei Rich-tung Au. »Siehst du das?«, rief er.

»Ich bin kurzsichtig, nicht blind!«, rief Juanita.

»Gut, dass wir jetzt nicht nackt baden!«

»Creepy!«, kreischte sie und spritzte ihn an. Pico schluck-te Wasser und tat sein Möglichstes, um zurückzuspritzen, was gar nicht so leicht war, wenn man nicht stehen konnte. Juanita tauchte ab und davon, Pico kraulte hinterher. Kaum tauchte sie auf, um Luft zu holen, ging der Spritzkampf wei-ter. Plötzlich gab es einen Knall. Kurz und laut durchschnitt er die Abendruhe. Es hallte wie in einer Kathedrale. Dann war alles still. Stiller als zuvor: kein Vogelsingen, kein Frö-schequaken, kein Grillenzirpen. Pico und Juanita hielten inne, traten Wasser, starrten sich an.

»Was war das?«, fragte Pico.

»Keine Ahnung«, sagte Juanita, »ein Böller vielleicht?«

KAPITEL
SIEBENUNDZWANZIG

Zunächst konnte Pico nicht erkennen, was David auf seinen Händen trug. Es sah aus wie ein kurzer, dicker Baumstamm. Davids Schritte knirschten heran, er war gerade aus dem Auweg auf die Schotterstraße getreten. Er schien es eilig zu haben und gleichzeitig von einer Last beschwert zu sein, die nichts mit dem Gewicht des Dings zu tun hatte, das er trug.

Pico hätte ihm entgegengehen können, blieb aber einfach nur stehen. Irgendetwas war seltsam. Warum schleppte der Biologe einen Baumstamm aus dem Wald? Warum war der Baumstamm so schlaff und Davids Blick so finster?

Dann sah Pico, dass es kein Baumstamm war, den David auf seinen Händen vor sich hertrug, sondern ein pelziges Tier. Kein kleiner Hund. Keine große Katze. Es war ein Biber. Und der Biber war tot.

Schweigend blieb David vor ihm stehen.

»Was ist passiert?«, fragte Pico.

»Das ist Flumy«, sagte David.

232

Pico nickte und schaute auf das helle Schnäuzchen, aus dem die orangen Schneidezähne ragten. Die einst so klugen Äuglein waren halb geschlossen und ausdruckslos wie Glas. Flumys Hände mit den langen schwarzen Fingern hingen schlaff herab, ebenso wie die Paddelfüße mit den Schwimmhäuten. Der breite, schuppige Schwanz schaukelte ein wenig.

»Kopfschuss«, sagte David und hielt den Biber so, dass Pico die verkrustete Einschussstelle zwischen den Ohren sehen konnte.

Damit hatte Pico nicht gerechnet. Er war davon ausgegangen, dass der Biber an Altersschwäche oder einer Krankheit gestorben war.

»Ein Schuss?«, sagte er. »Warte mal – wir haben gestern Abend einen ziemlich lauten Knall gehört – kann es das gewesen sein?«

»Wer ist wir?«

»Juanita und ich. Wir waren schwimmen.«

»Wann war das?«

»Kurz vorm Finsterwerden. So gegen halb neun.«

»Das kann es gewesen sein. Der Moment, in dem irgend so ein Arschloch den armen Kerl abgeknallt hat.«

David ging zu seinem Auto, das er am Straßenrand geparkt hatte. »Kannst du bitte den Autoschlüssel aus der Außentasche meines Rucksacks nehmen? Und den Kofferraum öffnen?«

Pico war froh, sich nützlich machen zu können. Er trat hinter den Biologen, öffnete den Reißverschluss der Rucksackaußentasche, holte den Schlüssel heraus, schloss den Reißverschluss. Er drückte auf die Fernbedienung und die Zentralverriegelung sprang auf. Dann hob er den Kofferraumdeckel.

»Nimm die Decke da«, sagte David, »und breite sie aus.«

Pico breitete die Autodecke im Kofferraum aus und David legte den toten Biber so sanft darauf, als ob er noch leben würde. »RIP Flumy, alter Freund. Zehn Jahre habe ich dich gekannt, und zehn Jahre hättest du locker noch leben können.« Dann faltete er die Decke über Flumy zusammen, bis man ihn nicht mehr sah.

»Wie geht es Gerda?«, fragte Pico.

»Das ist eine sehr gute Frage! Ihr habt nur einen Schuss gehört?«

»Nur einen.«

»Na Gott sei Dank. Sie wird sich verstecken und trauern. Die Kinder auch. Biber sind sehr soziale Tiere. Haben enge Bindungen. Es gibt da so eine Geschichte, ist am Land passiert. Da werden Biber manchmal umgesiedelt, wenn sie zum Beispiel einen Damm untergraben, der dann zu brechen droht. Einmal hat man dazu eine Lebendfalle aufgestellt, und tatsächlich wurde ein Biber darin gefangen. Am nächsten Morgen fand man seine ganze Familie versammelt. Sie waren damit beschäftigt, die Falle aufzunagen, um ihn zu befreien.« David nahm die Wasserflasche aus der Seitentasche seines Rucksacks und trank sie in einem Zug leer. Er schlug den Kofferraumdeckel zu, machte die

Autotür auf und warf Rucksack und Flasche auf den Rücksitz.

»Und was passiert jetzt?«, fragte Pico.

»Jetzt wird Flumy erst mal geröntgt, um zu sehen, ob das an seinem Kopf wirklich ein Einschussloch ist und ob in ihm ein Projektil steckt, und falls ja, wovon ich ausgehe, wird er obduziert.«

»Wow. CSI Biber sozusagen?«

»Schön wär's. Ich wünschte, die Polizei würde mit der ganzen teuren Kriminaltechnik anrücken in so einem Fall. Dann hätten wir den Täter im Nullkommagarnix.«

»Das heißt, es wird am Tatort nicht nach DNA-Spuren gesucht?«

David knallte die hintere Autotür zu. »Nein. Außerdem, wenn in so einem Fall die Tatortgruppe käme, hätte ich die Leiche ja keinesfalls bewegen dürfen, oder? Aber vielleicht finden wir den Vollidioten auch so. Es wundert mich, dass er den Kadaver nicht verschwinden hat lassen. Normalerweise erfährt man ja nichts von so einem illegal getöteten Tier. Es wird eingebuddelt oder ausgestopft und in irgendeinem Keller als Trophäe ausgestellt. Und wo kein Mordopfer, da kein Mord. Kann sein, dass die Schnapsnase gedacht hat, der Leichnam wird auf die anderen Biber abschreckend wirken und sie aus der Gegend vertreiben. Oder er ist gestört worden und musste schnell abhauen.«

»Und wenn man ihn erwischt, was wird ihm dann passieren?«

»Schwer zu sagen. Kommt sehr auf den Richter an. Es gibt auf jeden Fall eine Geldstrafe. Der Biber ist streng geschützt. Ich weiß von einem Fall, wo jemand einen Wolf abgeknallt hat und 10 000 Euro Strafe zahlen musste. Das tut dann schon weh. Was aber am meisten weh tut, wenn es sich um einen Jäger handelt – und beim Einsatz einer Schusswaffe liegt die Vermutung nahe – ist der Entzug der Jagdkarte. Für ein halbes Jahr, für zwei Jahre, vielleicht für immer. Das tut so jemandem wirklich, wirklich weh.«

»Arme Gerda«, sagte Pico.

»Ja«, sagte David, »aber mach dir keine Sorgen. Sie wird einen neuen Partner finden. Es gibt genug alleinstehende Biberherren, die sich ein Familienleben wünschen. Oder sie wird alleine bleiben und sich im Frühjahr in andere Reviere begeben, um sich zu paaren. Und dann zurückkommen zu ihren Kindern vom vergangenen und vorvergangenen Jahr und neue Babys kriegen.

»Du meinst, sie könnte auch als Alleinerzieherin leben?«

»Ja, als Matriarchin. Das kommt vor. Auf jeden Fall werden die Biber hier nicht verschwinden.«

KAPITEL ACHTUNDZWANZIG

Pico schrieb in die Gruppe »Wasserlackeln«, die er nach dem letzten Stegtreffen gegründet hatte und in der sich außer ihm noch Juanita, Klemens und Ahmet befanden.

Kommt alle zu meinem Steg

sofort

EIN VERBRECHEN IST BEGANGEN WORDEN!!!!!

Wenig später waren sie alle versammelt. Werner war auch dabei, er hatte schon einen leichteren Verband, und wenn keiner hinsah und »armer, armer Hund« sagte, humpelte er auch nicht mehr.

»Ich hoffe, es ist etwas Wichtiges«, sagte Juanita. »Du hast mich gerade aus den Freuden des Prozentrechnens gerissen!«

»Um welches Verbrechen handelt es sich denn?«, fragte Klemens. »Hat dir jemand eine Flasche von deinem Holunderblütensaft geklaut?«

»Kann ich dann nach der Besprechung noch ein bisschen rudern?«, fragte Ahmet.

»Ein Biber ist ermordet worden«, sagte Pico. »Mit einem Kopfschuss.«

Betroffen setzten sich alle auf den Steg. Pico erzählte, wie er David mit Flumys blutverkrusteter Leiche begegnet war.

»Das hätte nicht einmal Werner gewollt«, sagte Klemens.

Am härtesten traf es Juanita. Sie hatte Flumy am längsten und besten gekannt. Alle umarmten sie, woraufhin sie in Tränen ausbrach, die sie aber schnell wieder hinunterschluckte. Sie putzte sich die Brille mit dem Saum ihres giftgrünen Kleides, auf das ein Muster von weißen Schwänen aufgedruckt war. »Alles gut«, sagte sie. »Alles gut. Wir müssen uns konzentrieren. Gibt es schon einen Verdächtigen?«

Pico schüttelte den Kopf. »David hat nichts erwähnt. Aber mal ehrlich – wer hier in der Gegend ist nicht verdächtig?«

»Ich glaube, dass es eine Frau war«, sagte Ahmet.

Alle sahen ihn fragend an.

»In den Krimiserien ist es oft eine Frau, weil man da nicht so leicht draufkommt!«, erklärte er.

»Frau Sebereisen hat letztens recht ordentlich auf die Biber geschimpft«, sagte Pico. »Und sie hat mir eine schreckliche Geschichte erzählt, die ich nicht weitererzählen darf, was mir auch irgendwie komisch vorkommt – oh Gott!«

»Wir dürfen jetzt nicht paranoid werden«, sagte Klemens. »Das Leben ist kein Film! Die alte Sebereisen kann kaum gehen. Sie sieht wahrscheinlich auch schon fürchterlich schlecht. Ich kann mir nicht vorstellen, dass sie abends im Auwald mit einer Puffn herumstolpert!«

»Aber vielleicht kann man doch etwas aus den Krimiserien lernen«, überlegte Juanita. »Wir müssen wirklich alle Möglichkeiten mit einbeziehen. Auch Menschen, die uns nahestehen. Der Täter ist meistens jemand, den man kennt.«

»Ja, wenn man das Mordopfer ist!«, sagte Klemens.

»Du hast leicht reden«, sagte Pico zu Juanita. »Du bist mit deinen Großeltern ja nicht einmal verwandt.«

»Das heißt ja nicht, dass ich keine Bindung zu ihnen habe. Tatsächlich hat sich meine Beziehung zu ihnen in letzter Zeit sehr verbessert. Mein Opa hat mir gezeigt, wie man Bretter sägt, und hat sich total gefreut, dass mir das Spaß macht. Weil meine Mutter als Kind nämlich nie mit ihm Bretter sägen wollte. Und meine Oma hab ich belauscht, wie sie meiner Mutter am Handy erklärte, dass ich eh sehr brav lerne. ›Lass das Kind doch mal Ferien machen, Doris!‹, hat sie gesagt.«

»Warte! Warte! Warte!«, rief Ahmet aufgeregt. »Haben deine Großeltern ein Alibi?«

Juanita dachte nach. »Als ich zu Pico ging, waren sie in der Rosihütte. Den Schuss hörten wir irgendwann zwischen 20:15 Uhr und 21:00 Uhr. Da waren sie noch dort. Es haben sie bestimmt viele Leute gesehen, die das bestätigen können.«

»Wann sind sie zurückgekommen?«, fragte Klemens.

»Als ich nach dem Schwimmen nach Hause kam, waren sie noch nicht da. Gegen halb elf bin ich ins Bett gegangen, kurz danach habe ich sie zurückkommen gehört.«

»Ein Motiv hatten sie auf jeden Fall«, sagte Pico. »Der Marillenbaum. Der Karottenacker. Der Uferbereich. Der vermeintliche Fischraub!«

»Du scheinst ja sehr daran interessiert zu sein, es meiner Verwandtschaft anzuhängen!«, rief Juanita, sprang auf und ging zum äußersten Rand des Steges vor. Sie zog sich die Flip-Flops aus, setzte sich wieder hin und ließ die Füße ins Wasser hängen. Nervös platschte und spritzte sie herum.

»Denk doch mal nach!«, rief Pico ihrem Rücken zu, »du hast mir sogar erzählt, dass dein Opa eine Puffn hat!«

»Ein Luftdruckgewehr!«, rief sie zurück, ohne sich umzudrehen oder das Plantschen einzustellen. »Und ich hab es nie gesehen! Er hat bestimmt nur groß geredet! Und wenn er wirklich am Dachboden so ein altes Teil hat, ist es vollkommen funktionsunfähig!«

Pico ging zu ihr hin und legte ihr die Hand auf die Schulter. »Komm wieder zurück. Du hast doch selbst gesagt, dass wir uns nahestehende Personen nicht außer acht lassen sollen.«

»Aber meine Großeltern haben ein Alibi!« Juanita stand auf und schlurfte zu den anderen zurück.

»Das wissen wir nicht!«, sagte Klemens. »Sie könnten zwischendurch die Rosihütte verlassen haben, um das Verbrechen zu begehen. Oder einer von ihnen. Vielleicht hat dein Opa so getan, als würde er auf's Klo gehen, und ist dann halt erst nach einer Stunde zurückgekommen.«

»Meine Eltern sind jedenfalls clean!«, meldete sich Ahmet. »Sie waren den ganzen Abend unter meiner Aufsicht! Die ganze Verwandtschaft, alle an einem Fleck. Wir waren bei meinem Onkel und meiner Tante zu Besuch, um die bestandene Führerscheinprüfung meines Cousins zu feiern. Er fühlt sich jetzt wie der Chef. Stolziert herum, als hätte er den Pilotenschein gemacht. Oder den Astronautenschein. Dafür kann ich rudern, da hat er keine Chance. Den ganzen Abend hat man nur darüber geredet, wie toll er ist und ob er jetzt gleich ein Auto kriegt oder erst später.«

»Mir scheint, in deiner Familie herrscht weitgehende Bibergleichgültigkeit«, sagte Klemens.

»Völlige Gleichgültigkeit«, bekräftigte Ahmet. »Audi oder Toyota, das ist hier die Frage.«

»Deine Verwandtschaft können wir also ausschließen«, sagte Juanita.

»Uff«, sagte Ahmet erleichtert und wischte sich symbolisch den Schweiß von der Stirn. »Warte! Warte! Eine Idee hätte ich noch!« Er zeigte auf wie in der Schule.

»Bitte!«, erteilte ihm Klemens das Wort.

»Der Mörder ist immer der, dem man es am wenigsten zutraut!«

»Das wäre dann ...«, überlegte Klemens.

»David?«, sagte Juanita. Sie schauten einander an und schüttelten einhellig die Köpfe.

Pico blickte sich um. Die Terrasse war leer. Seine Eltern waren nirgendwo zu sehen. Dennoch flüsterte er: »Ich muss euch etwas erzählen.«

»Warum flüsterst du?«, flüsterte Juanita.

»Weil es um meine Eltern geht«, raunte Pico. Sie rückten näher zusammen und Werner drängte sich begeistert in die Mitte. Pico erzählte von dem nächtlichen Gespräch, das er vom Balkon aus belauscht hatte. Er schilderte, wie seine Eltern abstruse Pläne zur Eliminierung der Biber geschmiedet hatten. Entweder durch das Engagement eines befreundeten Jägers oder durch Selbstjustiz mit Hilfe einer Schaufel als Mordwaffe. Schließlich fügte er hinzu, dass die beiden »wahrscheinlich vollkommen betrunken« gewesen seien.

»Du meinst, es war nur angeschickertes Gerede?«, fragte Juanita.

»Ich hoffe es«, sagte Pico, »ich hoffe es sehr. Sonst müsste ich mich von ihnen lossagen, ausziehen und ein elendes Dasein als Auwaldmensch führen. Meine Nahrung wären Blätter und Pilze, mein Zuhause ein Unterschlupf aus Zweigen, durch die es hindurchregnet ...«

»Na, na«, sagte Ahmet beruhigend. »So wie es aussieht, ist Flumy erschossen worden und nicht mit einer Schaufel erschlagen.«

»Und wenn sie den befreundeten Jäger dazu gebracht haben, Flumy zu erschießen, dann hat immer noch er es getan und nicht deine Eltern«, fügte Juanita hinzu.

»Also gut«, seufzte Klemens, »ich weiß, was ihr jetzt alle denkt. Meine Eltern sind diejenigen, die fix Gewehre haben. Einen ganzen Schrank voll. Und ein paar Faustfeuerwaffen auch. Sie haben sich mindestens genauso über die Biber aufgeregt wie alle anderen, wenn nicht mehr. Vor allem wegen Werner.« Der Labrador spitzte die Schlappohren, als er seinen Namen hörte, und schleckte Klemens über die Wange.

»Dr. W. ist unschuldig«, erklärte Ahmet, »und Frau Dr. W. auch. Sie sind Ärzte.«

»Haben deine Eltern ein Alibi?«, fragte Pico.

»Ich war den ganzen Abend fort«, sagte Klemens, »Dominion spielen. Bin gegen elf nach Hause gekommen. Da waren sie beide da. Was sie vorher gemacht haben, weiß ich natürlich nicht. Ich glaube, mein Vater hatte irgendein Treffen mit einem Kollegen und meine Mutter widmete sich der künstlerischen Fotografie.«

»Warte mal«, sagte Juanita, »wir haben doch die Drohne gesehen! Das warst nicht du?«

»Gestern Abend? Nein. Was war mit der Drohne?«, fragte Klemens.

»Sie ist über uns drüber geflogen, als wir schwimmen waren. Richtung Au. Ungefähr fünf oder zehn Minuten, bevor der Schuss fiel«, erklärte Pico.

Angestrengt dachten sie nach.

»OMG«, brach Juanita das Schweigen, »ich hab's. Klemens' Mutter hat die Drohne benutzt, um Schmiere zu stehen, während Klemens' Vater das Verbrechen beging.«

»Geh bitte, hör auf!«, sagte Klemens.

KAPITEL NEUNUNDZWANZIG

Den Rest des Tages verdächtigte am Lackelwasser jeder jeden, von der ersten bis in die dritte Reihe. Am nächsten Morgen läutete es, wie Klemens später schaudernd seinen Freunden erzählte, bei den Witzigmanns an der Tür.

»Kriminalpolizei«, sagte eine fremde Frau, neben der ein fremder Mann stand. »Können wir deine Mutter sprechen?«

Kreidebleich ging Klemens zu seiner Mutter ins Wohnzimmer und sagte mit Grabesstimme: »Mami. Die Kriminalpolizei will dich sprechen.«

»Ah! Sehr gut!«, erwiderte sie zu seiner Überraschung. »Warum hast du sie nicht gleich hereingebeten?« Sie eilte zur Tür.

Wie sich herausstellte, hatte Frau Dr. Witzigmann die Polizisten selbst gerufen, um ihnen ihre Drohnenaufnahmen zu zeigen. Auf diesen war nämlich der Schuss zu hören und kurz danach eine Gestalt zu sehen, die sich am Ufer zu schaffen machte. Als sie die Drohne bemerkte, verschwand sie eilig im Unterholz. Über die Baumkronen hinweg versuchte Frau Dr. Witzigmann in Gestalt der Drohne die Verfolgung aufzunehmen, konnte aber keine Bewegung mehr aufzeichnen.

Nachdem man die Aufnahmen ausgewertet und das Projektil untersucht hatte, das in Flumys Körper gefunden worden war, dauerte es nicht lange, bis man den Täter ermittelt hatte. Es handelte sich um Wenzel Waidenburg-Furthenau, der erst wenige Wochen zuvor seine Jagdprüfung abgelegt hatte. Abend für Abend war er in der Gastwirtschaft »Zur Rosihütte« gesessen und hatte mit den anderen über die Biber geschimpft. Die Biber müssen weg, das war die einhellige Meinung, und je mehr Alkohol getrunken wurde, desto schrecklicher wurde der Zorn auf die nicht weit entfernt herumwerkelnden Nagetiere. Wenzel Waidenburg-Furthenau erklärte der Polizei, er sei der absoluten Überzeugung gewesen, der gesamten Lackelwassergemeinschaft, wenn nicht der Menschheit, einen großen Dienst zu erweisen, als er sich extra Mut antrank, sein Gewehr holte und in die Au hinaustorkelte. Trotzdem habe er es sicherheitshalber niemandem erzählt, dass er einen Biber erwischt hatte. Obwohl er schon gerne die Lorbeeren dafür eingeheimst hätte.

EPILOG

Alle, die in der Rosihütte vom Bibertöten geredet hatten, waren sich einig, dass man ja nicht wissen hatte können, dass dann einer wirklich losgehen würde, um einen Biber zu töten. Man würde ja wohl noch einen Wunsch äußern dürfen, ohne dass dieser gleich erfüllt würde, fand man.

Pico erzählte seinen Eltern, dass er ihr Gespräch vom Balkon aus belauscht und die schlimmsten Befürchtungen gehabt habe. Picos Mutter betonte, dass man nur herumgeblödelt habe, bestritt aber jeglichen Alkoholeinfluss. Picos Vater erklärte, dass er ja auch schon öfter mal gesagt habe, dass er Pico auf den Mond schießen könne, ohne auch nur im Entferntesten die Absicht zu haben, das zu tun.

Frau Sebereisen erklärte, es habe doch jeder Mensch schon einmal Dinge gesagt wie: »Wenn der Kuchen nicht rechtzeitig fertig ist, bevor die Gäste kommen, dann geb ich mir die Kugel.« Und niemand habe sich jemals in so einem Fall wirklich die Kugel gegeben.

Dr. Witzigmann erklärte, wenn jedes Stammtischgerede in die Tat umgesetzt würde, dann gäbe es permanent Krieg.

Juanitas Großeltern mieden in der Folge das Thema Biber. Eines Tages traf Juanita ihren Opa dabei an, wie er seine Lebendfalle zersägte.

Juanitas Mutter kehrte zurück und erklärte, dass Fuerteventura so anstrengend gewesen sei, dass sie nun Erholung von Fuerteventura brauche. Sie war der Meinung, auch Juanita solle nun aufhören zu lernen und sich erholen, denn nur so könne sie leistungsfähig bleiben. Sie einigten sich auf Schwimmen und Sonnenbaden und gelegentliche Kleiderkäufe in der Stadt zur Erhaltung ihrer Leistungsfähigkeit.

Klemens erklärte seiner Mutter, dass man für ihn keine Rehschlögel mehr heimbringen brauche, denn er sei jetzt vegan. Seine Mutter erwiderte, sie könne damit sehr gut leben. Sie habe lieber einen veganen Sohn als einen mit einer Jagdkarte, der diese auf schändliche Weise verlor. Die Waidenburgs täten ihr von Herzen leid. Davon abgesehen habe sie kein Problem damit, ihre hervorragenden Rehschlögel selbst zu verzehren.

Ahmet flog mit etlichen Mitgliedern seiner Familie in die Türkei, um dort andere Teile der Familie zu besuchen. Aus

seinen Nachrichten ging hervor, dass er sich in Ermange-
lung eines Ruderbootes gezwungen sah, das Mittelmeer per
Jetski zu befahren.

David fuhr auf Urlaub nach Ungarn, wo er hoffte, in der
Steppe die vom Aussterben bedrohte Ungarische Wiesen-
otter anzutreffen.

Werners rechte Vorderpfote war bald vollständig wieder
verheilt und er war glücklich, dass er wieder schwimmen
durfte. Kurz darauf steckte er sich beim Spielen mit einem
anderen Hund mit einer schweren Bindehautentzündung
an. Er musste einen Schutztrichter aus Plastik um den Hals
tragen, damit er sich nicht an den Augen kratzte, und durfte keine Sozialkontakte mit anderen Hunden mehr haben.
Aber auch das ging vorbei.

Discover kam im Garten mit einem neuen Fasanenfreund
vorbei, um ihm die Hirsequelle zu zeigen. Sie waren von
da an unzertrennlich. Der Neuzugang erhielt den Namen
»Celebrate«.

Nachdem man Mariechen die von David mitgebrachte Broschüre über die Autiere zum Spielen überlassen hatte, ge-
schah ein Wunder. Sie saß auf auf der Terrasse auf einem
Bodenkissen, blätterte, brabbelte und sagte plötzlich:
»Biba«.

»Bi-ber«, korrigierte Picos Vater routinemäßig. »Moment – hast du gerade Biber gesagt?« Picos Vater, Picos Mutter und Pico sprangen zu Mariechen hin. Sie hatte tatsächlich die Seite mit dem Biber aufgeschlagen. Alle hielten den Atem an. Lächelnd blickte Mariechen in die gespannten Gesichter, drückte ihren kleinen Zeigefinger auf das Biberbild und wiederholte: »Biba.«

»Ihr erstes richtiges Wort!«, sagte Picos Mutter ergriffen.

»Gerade rechtzeitig für die Kinderkrippe im Herbst«, sagte Pico.

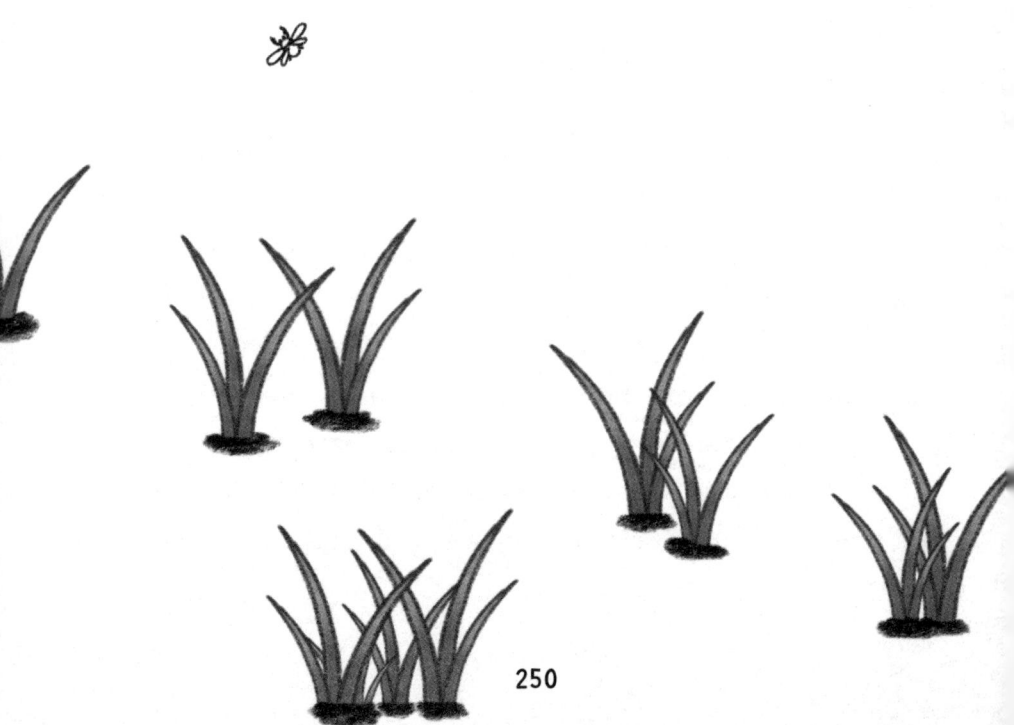

Batman schrieb:

komme dich bald im sumpfdschungel besuchen!!

wir sind abgereist!!!!

luc hat meine ma um uuuuurviel Geld angeschnorrt

er würde sonst das haus verlieren
und das boot und so blabla

ist auf die knie gefallen der alte lurch.
hat sogar »geweint«! xD

Meine Ma urcool bucht die Rückflüge
und hasta la vista, baby!!

DER BESTE SOMMER EVER!!!!!! :DDD

Dank

Ich danke meiner Tochter Pia Balàka für die wertvolle Hilfe bei allen Recherchen und die Unterstützung bei den Chats und Dialogen. Auch meine erste Biberbegegnung in Wien verdanke ich ihr.

Dem Forstdirektor der Stadt Wien, Dipl.-Ing. Andreas Januskovecz, danke ich für seine fachliche Beratung und viele spannende Einblicke.

Für fantastische Wildtierbegegnungen in den Donauauen danke ich dem Fotografen und Herpetologen Attila Kobori.

Georg Prinz vom Verein gegen Tierfabriken danke ich für zahlreiche Infos und Kontakte.

Meinem Schriftstellerkollegen Helwig Brunner, der auch Biologe und Geschäftsführer von ÖKOTEAM – Institut für Tierökologie und Naturraumplanung ist, danke ich für aufschlussreiche Informationen über das Bibermanagement in der Steiermark.

Mein besonderer Dank gilt Tanja Raich für ihre spontane Begeisterung für das Buch und ihre Bereitschaft, es zu publizieren, Martina Schmidt für das kompetente und einfühlsame Lektorat und Raffaela Schöbitz für die bezaubernden Illustrationen.

Ich danke allen Bibern in Wien, die sich mir zeigten und mich dadurch erfreuten.

2. Auflage 2022

Copyright © Leykam Buchverlagsgesellschaft m.b.H. Nfg. & Co. KG,
Graz – Wien 2021

Umschlaggestaltung: Raffaela Schöbitz und Christine Fischer
Illustrationen von Raffaela Schöbitz
Satz und Typografie: Annalena Weber, Hamburg
Druck: Finidr, s.r.o
Lektorat: Martina Schmidt
Gesamtherstellung: Leykam Buchverlag

www.leykamverlag.at
ISBN 978-3-7011-8198-8

Gedruckt mit freundlicher Unterstützung durch die Kulturabteilung
der Stadt Wien.

 Stadt
Wien